特攻文学論　目次

はじめに——特攻の物語のどこで号泣するのか？

「パルマケイアの泉」という古代ギリシャの伝説があります。

その泉の水は大変おいしいので人はこぞって飲みたがるが、このおいしい泉の水を飲むと泉にひきこまれて死ぬという。[*1]

このパルマケイアという名前の泉は、乙女を誘って戯れながら死に追いやった不吉な泉の精（ニンフ）として言い伝えられ、プラトンの対話篇『パイドロス』のなかで一瞬だけ登場します。ソクラテスが話題に出してすぐに、ただの言い伝えだから真面目に取り上げるに値しない、と打ち消した挿話です。

*1　今村仁司編『現代思想を読む事典』講談社現代新書、一九八八年、四八九頁。「パルマコン」の項目（今村仁司執筆）を参照。そこでの表記は「パルマケーの泉」。

その一瞬を見逃さなかった哲学者のジャック・デリダが「パルマコン」を概念化して独自のエクリチュール論を展開しました。[*2] パルマコン（pharmakon）とは、治療薬でありかつ毒薬でもある、という両義的で決定不可能な概念です。薬＝毒の両義性には「良薬は口に苦し」や自然の生命を損なう介入、という側面もあります。薬物のそうした本来的な両義性を適切に制御するために薬理学（pharmacology）が生まれました。

ここで忘れてはいけないのは、もともとこの泉の水が「大変おいしいので飲みたくなる」ものであり、かつ「飲むとひきこまれて死ぬ」という点です。つまり**「死ぬとわかっていても飲まずにはいられない」という〈妖しい力〉**です。「死ぬ」とは、私たちがそのなかで日常を営んでいる市民社会の論理の外部へ連れ出されることの比喩です。そして、それが吉と出るか凶と出るかもまた――決定不可能な両義性に委ねられるというわけです。

本書は、特攻文学をパルマコンとして読みます。

特攻とは、太平洋戦争末期にフィリピンや沖縄近海にて敵艦隊への体当たり（特別攻撃）作戦として陸海軍で組織的に展開された、あの特攻です。航空機による特攻作戦が有名ですが、桜花、回天、震洋、伏龍などの特攻兵器、戦艦大和による海上特攻もあります。特攻隊員の多くは一〇代後半から二〇代前半の前途有為な若者たちでした。

特攻の悲劇は、広島・長崎の原爆や沖縄の地上戦などの悲劇とともに、戦後多くの作家によって文学作品に昇華されてきました。ただし、特攻の物語では「祖国のために命を捧げる」という大義をめぐる個々人の葛藤や決断や行動が焦点化されるので、「無辜の市民が大量殺戮された」原爆や沖縄地上戦とは、悲劇の質もおのずと違ってきます。

そうなると、「特攻の悲劇を正しく伝えて反戦平和思想を育む」を良薬、「特攻の悲劇を美化して戦争肯定思想を植え付ける」を毒薬として、作品ごとに薬と毒が判別可能だと考える人がいるかもしれません。実際、これまではそうした平和教育的な価値基準をもとに判別をすることが特攻文学の批評だと思われてきた節があります。たとえば毛利《もうり》恒之《つねゆき》『月光の夏』や鴻上《こうがみ》尚史《しょうじ》『不死身の特攻兵』は良薬だけれど、辺見《へんみ》じゅん『小説　男たちの大和』や百《ひゃく》田《た》尚《なお》樹《き》『永遠の0』は毒薬だという具合に。

けれども、そうした判別式の読み方では、たとえ良薬判定されても、どれだけ平和教育に役立つかでしか評価されません。そしてなによりも、特攻文学の〈妖しい力〉を捉えられま

＊2　デリダの代表作「プラトンのパルマケイアー」の概要については、高橋哲哉『デリダ』講談社学術文庫、二〇一五年、第二章を参照のこと。

せん。勇壮に戦ったり悲しい別れがあったりという扇情的なストーリーで惹きつける通俗的なお涙頂戴モノだと思われて、真面目な文学評論の対象にはなりにくい。本書ではこの〈妖しい力〉が何に由来するものなのかを問うていきます。勇ましさや悲しさといった刺激の強い感情ではなく、市民社会の論理の外部につながる物語に照準します。

パルマコンとしての特攻文学は、**自分の生き方を見つめ直し、前向きに生きる力を与えてくれます**。そのうえで、この自己啓発的な効果が、薬＝毒の両義的な意味をもつことにも留意しておく必要があります。

特攻文学をパルマコンとして読むべき理由はもうひとつあります。

それは読者にどう読まれるか、つまり受容のされ方の変化です。私の手元にある『永遠の0』講談社文庫版の帯（二〇一二年・第二三刷）では「号泣」の文字が目を惹きます。

「僕は号泣するのを懸命に歯を喰いしばってこらえた。が、ダメだった」
誰もが涙した、超ロングセラー！　故児玉清氏も絶賛！

このキャッチコピーは文庫版解説（児玉清《こだまきよし》）からの抜粋ですが、映画化と連動した営業用のポスターなどで繰り返し使われていたのを覚えています。朝日放送の長寿番組「パネルクイズ アタック25」の司会者であり読書家でもあった国民的な知性派タレントの「号泣」とくれば、戦争や歴史への関心が薄い人でも思わず手に取ってしまうでしょう。

『永遠の０』は誰もが一度は目にしたことがあるでしょうが、汐見夏衛《しおみなつえ》『あの花が咲く丘で、君とまた出会えたら。』（スターツ出版文庫、二〇一六）はまだご存じない方も多いのではないでしょうか。ケータイ小説がもとになった特攻文学ですが、私の手元にある帯（二〇一八年・第三刷）には「大号泣。」の拡大フォントが躍ります。

孤独な少女と死を覚悟した特攻隊員が出会った奇跡――

百田尚樹『永遠の0』2012年・第23刷（講談社文庫、2009年）

汐見夏衛『あの花が咲く丘で、君とまた出会えたら。』2018年・第3刷（スターツ出版文庫、2016年）

ありえないほど感情移入して、大号泣。この1冊が、わたしを変える。

スターツ出版はいわゆるライトノベル系レーベルで知られていますが、運営する無料小説投稿サイトで読者の反応を確かめながら、文庫出版で作家デビューさせる仕組みを採用しています。この作品も小説投稿サイトから誕生したもので、他のラノベ作品と並べても全く違和感のない、中高生が手に取りやすい表紙デザインになっています。二〇二〇年六月に動画投稿アプリ「TikTok」で話題になり、九月までの三カ月間で七万五〇〇〇部が増刷、累計一〇万部を突破するヒットを記録しました。*3

私は話題になる前からTwitterで読者の感想文を定期的にチェックしていましたが、やはり六月以降に「号泣した」投稿が増え、SNSを通じて女子中高生を中心に拡散が続いていることがわかります。特攻文学の受容のされ方が「号泣」優位になっており、供給サイドもそこに照準するようになっているのではないでしょうか。

さらに興味深いのは、『永遠の0』は巻末に二八点の参考文献が挙げられ、作中にも背景知識が丁寧に書き込まれていたのに対して、『あの花が…』では背景の説明はかなり割愛されています。文献リストもなし。つまり**「号泣」は歴史知識の有無とは独立に可能**だということです。これは、「泣きたい」という受容側の社会的文脈の変化もあるでしょうが、物語制作における感動の再現性（泣かせ所）についても変化があるのかもしれません。

先ほどの判別式の読み方では、歴史知識や歴史認識の観点から「毒薬」判定される作品も、パルマコンとして読むなら、この「号泣」優位の構造は、〈妖しい力〉の秘密を知るための手がかりを与えてくれるでしょう。

問題は、**特攻の物語の「どこで」号泣するのか、**です。あるいは、私たちは「なぜ・そこで」号泣するのか。号泣の仕掛けが「どのように」物語のなかに埋め込まれているのか。特攻文学は、そうした問いを考える人にとっては素材の宝庫なのです。


本書は前著『未来の戦死に向き合うためのノート』の続編として書かれました。とくに「特攻の自己啓発的な受容」についての問題意識を引き継いでいます。前著では鹿児島県の元特攻基地・知覧がスポーツや企業の研修場所に選ばれたり、特攻隊員の遺書を読んで人生前向きになったりする現象を分析して、そこに内在する論理を再構成しました。

第1章では、そこでの重要な論点をアップデートしながら、特攻文学論へと橋渡しします。ここから第2章1節にかけて、特攻文学論の対象と方法を論じながら、非体験者による創作

＊3　『南日本新聞』二〇二〇年一一月一一日付記事。

特攻文学をジャンルとして取り上げる積極的な意義を主張します。私は文学研究も文芸批評も専門外ですが、だからこそ、文学界隈の暗黙の前提を共有しない読者にも理解していただけるように、方法論はできるだけ丁寧に説明したつもりです。

特攻文学論の本体は、一九九〇年代以降の作品群を対象に、継承のメディア（第2章）と感動のメディア（第3章）という二つの枠組みで成り立っています。その本体の輪郭に奥行きを与えてくれるのが、昭和五〇年代の特攻隊の生き残りを照射する鶴田浩二《つるたこうじ》論（第4章）です。特攻隊員の遺書が何十年の時を超えて――遺族などの親密な関係性や歴史的な背景知識を抜きに――現代人の心に刺さるように、創作特攻文学も、何十年経過しても後の世代の心に刺さるはずです。それは戦中世代の矛盾に満ちた情念を抱えた生身の身体が、社会の表舞台から物理的に消えていく過程と無関係ではありません。

補章は前著『未来の戦死に向き合うためのノート』にいただいた書評への応答です。前著で「宿題」として留保していた問題の幾つかに道筋を付けることができました。

この特攻文学論は、薬＝毒の両義性を帯びた〈妖しい力〉をちょうどいい塩梅で制御する――自家薬籠中のものにする――ための智恵を身に着けられたら、という願いを込めて書かれています。そのためには、一つの作品をとことん精密に読むだけでなく、ジャンルを構成する作品群を横断的に読み比べながら、感動の再現性を担保している論理を抽出すること。そして願わくは、**ジャンルが洗練させてきた感動の定石論理を手に入れて、これから創作される未来の特攻文学を先回りする**ことです。

最後に。本書を読んで特攻文学に興味をもち、一冊でも具体的な作品に手を伸ばしてもらえたら、著者としてこれほど嬉しいことはありません。第2章以降は分析の必要上、「ネタバレ」も含まれますが、特攻文学の感動はその程度で消えたりしません。何回でも同じ場所で泣けるのが感動の再現性です。どうかひるまず進んでください。

第1章　遺書から文学へ——感動の再現性の探究

1節　特攻の自己啓発的な受容

†特攻隊員の遺書で人生前向きになる

まず、特攻の自己啓発的な受容がうかがえる典型的な文章を二つ紹介します。どちらも、特攻隊員の遺書を読んだときの感想を書いたものです（傍点引用者）。

【事例A】

青年たちは、死にたくて死んだわけじゃない。生きたくても、生きられなかった。そういう人たちの犠牲の上に「今」があり、僕たちは、好きなことができている。（略）好きなことを謳歌して生きられなかった彼らの想いを追体験し、「俺は今、戦っていないな」

と愕然とした。「自分はどう生きようか？」と真剣に考えた。彼らが身を投げ打って残してくれた自由な未来に生きているのだから、とことん好きなことを極めて、振り切って生きようと、その時、決めた。

【事例B】

アメリカを責める言葉はほとんどなくて。ただただ。家族を思い。そして未来の日本のために死ねることへの喜び。こういう未来であってほしいという願い。（略）私はすごく苦しくなった。この若者たちの命で私たちの命は成り立っている。彼らが遺してくれた日本と夢をたくしてくれた未来をどうしてこうやって大切にできないのか。経済がどうこうではなくて、どうしてまず自分自身を大切にできないんだろう。周りに感謝ができないんだろう。泣くというよりも本当に苦しくなった。そこから「もっと伝えないと」ってなった。

文章の主は、業界は異なるけれども、どちらも自己啓発系の領域で活躍する人たちです。[*1]この領域には、彼らのように特攻隊員の遺書がきっかけで人生の意味に気づいたり自分の使命に目覚めたりした、という経験をもつ人が少なくありません。

「特攻の自己啓発的な受容」とは、彼らが自己啓発系の業界人だからではなく、特攻隊員の遺書や物語を自己啓発的に受容していることを指します。「俺は今、戦っていないな」と自分の生き方を反省して、「とことん好きなことを極めて、振り切って生きよう」と決意する。あるいは、「自分自身を大切にできていない、周りに感謝できていない」と自分の生き方を反省し、「もっと伝えないと」と決意する。

目指す方向は違っても、**特攻隊員の遺書が人生を前向きに捉え直すきっかけになった**という点では一致します。遺書の言葉がガツンと心に刺さって前向きな力が呼び覚まされる感覚を、前著では「活入《かつい》れ」現象とも呼びました。

このような自己啓発的な受容のあり方は、遺族や戦友会による慰霊顕彰的な受容とも、学校や報道を通じた平和教育的な受容とも異なります。

＊1　【事例A】了戒翔太（一九八五年生）＝エバーグリーン・パブリッシング株式会社代表。『自己啓発って言いたくないけど、でも誰かを啓発する言葉』太陽出版、二〇一九年、二一五～二一六頁。公式ブログ二〇一九年七月三一日付記事「【完全保存版】日本の希望を見た！と称された話し。※シェア歓迎」でも特攻隊員の遺書に言及している。https://shotaryokai.com/nagoya07/
【事例B】宮崎ともこ（生年不詳）＝成幸脳力＆EQアップトレーナー。公式ブログ二〇一九年八月一五日付記事「「幸せ脳」を拡げたい、そう本気でも思ったきっかけは、自己啓発書ではなく、特攻隊や戦犯の遺書だった…」より。https://ameblo.jp/aroma-deepbreathing/entry-12504275427.html

たとえば陸軍の特攻基地があった鹿児島県の知覧に、スポーツ合宿や社員研修や自己啓発のために訪れる。あるいは、特攻隊員の遺書が「泣ける」「感動する」動画として編集され何百万回も再生される。百田尚樹『永遠の0』の売上部数が累計数百万部に達する。いずれも二〇〇〇年代以降に目立ってきた現象です。[*2]

†理解対話派の限界

特攻と自己啓発という組み合わせを見ると、たいていの人はギョッとします。

太平洋戦争末期の悲劇を象徴する特攻作戦と、仕事や人生を見つめ直し前向きの推進力をえる現代の自己啓発。この二つが一緒になると、特攻精神↓滅私奉公という連想と、自己啓発↓洗脳という連想とが悪魔合体して、「右傾化、ブラック化もついにここまで来たか」と慨嘆する人も出てきます。安保法制や改憲論議、労働環境などの報道に常日頃心を痛めている人ならなおさらでしょう。

ところが、現実の「特攻の自己啓発的な受容」はまったく悪魔の顔をしていない。それどころか「彼らが託した未来にいる自分」に気づかされ、「彼らの想《おも》いに応《こた》えられているか」とわが身を振り返り、前向きに生きる勇気が湧いてくる。そして実際に、特攻の歴史に触れたスポーツ選手が最高のパフォーマンスを発揮し、企業は社員の笑顔を増やしながら顧客満足度を上げているとすればどうでしょうか。現世的な効能だけみると、みんなを幸せにしてくれる天使です。

豊富な具体例とともに、特攻受容が自己啓発に転ずる――いわば天使化する――メカニズムの分析を試みると、さっそく知人や研究者仲間から、さまざまな反応が寄せられました。典型的なものを二つ紹介します。

第一は美化批判派です。古典的なリベラル知識人の立場。死者を都合よく利用している。特攻の悲劇を美化している。戦争指導者を免罪している。この感情は権力に悪用される。ならば「天使」の化けの皮を剥《は》いで悪魔の本性を暴くべきではないか……。この美化批判に対しては、それは政治的には正しいかもしれないけれど、おそらく当事者には届かないし、批判の対象がもっている社会的な意味を過小評価して「産湯《うぶゆ》とともに赤子《あかご》を流す」ことになりかねないと考え、自己啓発的な受容をあえて擁護する議論を展開しました。

第二は理解対話派です。[*3]

*2　井上義和『未来の戦死に向き合うためのノート』創元社、二〇一九年、とくに第3章と第4章を参照。
*3　那波泰輔「研究者は特攻の自己啓発的受容をどう受け止めていくのか――「わかりあえない人びと」を「理解する」ということ」『戦争社会学研究』四巻、二〇二〇年。

美化批判派よりも柔軟で、前著を好意的に評価してくれるリベラル知識人の進化形です。彼らは「特攻を自己啓発的に受容する人」に共感はできないけれど、頭ごなしに否定せずに、まずは相手の理解に努め、対話の可能性を探る……。なんだか同志になれそうな気がします。

ところが理解対話派の話をよく聞いてみると、彼らは相手を自分とは別世界の住人として、いわば悪魔化したうえで、相手が不幸にも悪魔にならざるをえない事情を理解しようというスタンスであることがわかります。もちろん、なかにはインターネットを中心に差別的・排外的なヘイト言説をまき散らす、悪質なネット右翼が含まれている可能性もゼロではない。ただ、「特攻を自己啓発的に受容する人」の思想信条にはグラデーションがあり、私が想定しているボリュームゾーンは、反戦平和と近隣諸国との友好を重んずる、どちらかといえばリベラルに近い人びとです。どういうことか。

特攻の自己啓発的な受容は、**戦後の平和教育や国家意識の希薄さと両立**します。両立するだけでなく、むしろ反戦平和の思想が浸透しているからこそ、(敵の撃滅ではなく)平和な新日本を後世に託す遺書が、また国家意識が希薄だからこそ(国家や天皇ではなく)両親や弟妹に宛てた遺書が、現代の人びとの心に刺さりやすくなるのではないか、というのが私の仮説なのです[*4]。この点は次節でも論じます。

†悪魔化よりも人間化

理解対話派でもう一つ気になるのは、彼らにとっての「対話の可能性」が、相手が右派勢力に取り込まれず平和勢力に合流できるように働きかけること、つまり「対話を通じて相手を変えうる可能性」にもっぱら期待していることです。逆にいえば、「自分自身が変わりうる可能性」は端《はな》から想定されていない。相手を悪魔化すると、自分が変化することは自分も悪魔になってしまうことを意味するからです。あるいは、カウンセラーが自分を保ちながらクライアントの話を傾聴するのに近いのかもしれません。

共感と理解を区別することは、たしかに他者と向き合う際には必要不可欠な作法です。しかしそれは相手を病人とみなして治療するためではありません。ましてや悪魔祓《ばら》いするためでもありません。

重要なのは、説得よりも手前の段階の、相手の存在をともに私たちの社会を構成するメンバーと認めたうえで、自他の一致点と相違点を探りあうこと。相手を悪魔化するのではなく、

＊4　私とは反対に、自己啓発と国家的なものとの結びつきを重視する立場もある。倉橋耕平『歴史修正主義とサブカルチャー』青弓社、二〇一八年、九九頁。これは倉橋が歴史修正主義を分析対象としているためと思われる。ほか安田浩一×倉橋耕平『歪む社会』論創社、二〇一九年、二〇〇～二一七頁、雨宮処凛編著『ロスジェネのすべて』あけび書房、二〇二〇年、五〇～五二頁も参照。

「彼らと自分が地続きである」ことに気づくことです。

メディア史家の佐藤卓己《さとうたくみ》はナチズム研究のあり方について「ヒトラー民主主義を回避するためにはヒトラーの悪魔化よりも人間化こそが有効」と述べています。[*5]

さらに言えば、自らがファシストになる可能性に目を閉ざさないファシズム研究の必要性である。

佐藤にならっていえば、「特攻を自己啓発的に受容する人」の悪魔化ではなく、人間化こそが有効です。これはつまり「特攻を自己啓発的に受容する人」と自分が地続きである、つまり彼らは「私たち」である、と認めることに他なりません。

そのためには、自分の価値基準を一方的に押しつけるのではなく、相手の価値基準に即してその内在的な論理を再構成してみることです。あるいは、自分の感情をいったん括弧に入れて、相手の感情を自分のなかに再現するように言葉を組み立ててみることです。特攻隊員の遺書であれば、自己啓発的な構えをもって読むことで、自分のなかに湧き起こるポジティブな感情を捉えること。そして自分の言葉でその感情を己に喚起してみること。これは今回に限ったことではなく、自分の「いま・ここ」の実感を離れて歴史資料を読んだり、参与観察したりする際には、不可欠の作業だと思います。

†刃物を鞘に納め、適切な扱い方に習熟する

理解対話派といえども、自分たちの正しさを疑わないのであれば、美化批判派と同じです。そうやって「良識ある我々」みんなで思想的な純潔を守ってきたことが、結果として、悪魔を攻撃する陣営（我々）と、天使を擁護する陣営（奴ら）のあいだの分断を広げてきたのではないでしょうか。

特攻の自己啓発的な受容の過程で湧き起こる感情は、薬でも毒でもある〈妖しい力〉を孕《はら》んだパルマコンそのもので、悪魔か天使かどちらかに一義的に決定することが原理的にできません。そのうえで、その両義性や決定不可能性から目を背《そむ》けずに、じっと耐えてみせることが良識ある者の倫理ということになります。ところが、いくら耐えても分断は埋まらないどころか、現実との距離は広がるばかりです。自分自身を戒《いまし》める倫理としては意味があると思いますが、それが通じる「我々」の範囲がどんどん縮小して、訴求力を失えば、集団的な自己満足とみなされても仕方がありません。以上は私自身のことでもあります。

＊5　佐藤卓己『ヒューマニティーズ歴史学』岩波書店、二〇〇九年、七四頁。

そこで前著では、「その先」に進むための状況へのコミットを試みました。一言でいえば、**〈妖しい力〉を言葉で包摂する**、ということです。目を背けずに耐え続ける禁欲的倫理の布教ではなく、できるだけ多くの人が共有できる言葉に置き換えて安全に取り扱えるようにする社会工学的なプロジェクトを目指したい。

特攻の歴史が喚起する感情は、取り扱いに十分な注意を要することから、「刃物」に喩《たと》えることができます。

刃物ならば「鞘《さや》」に収め、その適切な扱い方に習熟しなければなりません。鞘は刃物を包む言葉です。悪魔化が、刃物を抜き身のまま放置しておいて、「触るな危険」のラベルを貼るようなものだとすれば、天使化とは、刃物の美しさと切れ味に魅せられて、自他を傷つける危険性を顧みずに振り回すのと同じです。どちらも、それをたまたま手にしてしまう子供のことを考えていません。

刃物を鞘に収め、適切な扱い方を教えることが大人の責任です。もしも、こうした成熟した大人の役回りがきちんと機能していれば、すなわち、悪魔（毒）＝天使（薬）の力を私たちの社会のなかに適切に位置づけて、適切に制御できるようになっていれば、特攻と自己啓発の関係も現在のそれとは違っていたはずだと思うのです。

†遺書を読んで感染できる人から、文学を読んで感動できる人へ

ところで、その〈妖しい力〉を研ぎ澄まし、増幅させ、かつ暴発しないよう飼いならし、生きたまま封じ込めておく場所が存在します。それが文学です。とりわけ、戦争を知らない世代が制作する、創作（フィクション）としての特攻文学です。

前著では冒頭で紹介した【事例】のような文章をたくさん集めて、特攻隊員の遺書（特攻の物語）を人びとがどのように受容したのかを分析して、〈妖しい力〉を含んだ自己啓発的な論理を抽出しました。

とはいえ、特攻隊員の遺書を自己啓発的に読める人は限られています。冒頭の【事例】のような読み方は、誰でもできるわけではありません。先入観なしに遺書に接して、「これは私宛ての贈り物だ」「私は特攻隊員からすでに贈与を受け取ってしまった」と電撃的に気づいてしまう人、つまり遺志に感染できる人というのは、もともとある種の感受性や思考様式を身に着けていたのでしょう。[*6]

その〈妖しい力〉を研ぎ澄まし、増幅させているのが創作特攻文学です。それは作者自身による「自己啓発的な受容」を最も効果的に再現できるように設計された物語です。戦争を

＊6　前掲『未来の戦死に向き合うためのノート』、一七五頁以下。

知らない世代は自分のなかに体験がありません。だから、取材や資料をもとに想像力を膨らませ、周到な計算のもとに素材を配列し、**感動の再現性**を担保しようとしています。

そのため、特攻隊員の遺書を自己啓発的に読める人（遺志に感染できる人）よりも、創作特攻文学を読んで感動できる人のほうがはるかに多い。たとえ特攻隊員の遺書を自己啓発的に読めなくても、「はじめに」で触れた『永遠の0』や『あの花が咲く丘で、君とまた出会えたら。』なら号泣できる人は多いのです。

「遺書をどう受容したか」から「文学でどう表現されたか」へ。あるいは「遺書を読んで感染できる人」から「文学を読んで感動できる人」へ。いわば密教的アプローチから、顕教的アプローチへ踏み出してみましょう。それにより、感動のメカニズムの差異や変化について、より丁寧に分析することが可能になります。

創作特攻文学の方法論については、第2章で扱うことにして、特攻の物語の〈妖しい力〉がどこに宿っているのかについて、もうしばらく予備的な考察を続けます。

2節　命のタスキリレーの中継者

†「勇壮さ」だけでは泣かない

「特攻を自己啓発的に受容する人」とは「私たち」である。私たち自身のあり方と「地続き」にある。もっといえば、世間のマジョリティと「地続き」にある――のではないか。

私がそう思うようになったきっかけは、百田尚樹の特攻小説『永遠の0』が累計数百万部のベストセラーになったことと、私自身がそれを読んで不覚にも児玉清と同じように涙が出そうになったことでした。「はじめに」でも触れたように、児玉が書いた文庫版解説の次の一節は、文庫の帯や書店の宣伝コピーに使われたので、覚えている人もいるかもしれません。

僕は号泣するのを懸命に歯を喰いしばってこらえた。が、ダメだった。目から涙がとめどなく溢れた。（略）なんと美《うる》わしい心の持ち主なのか。なんと美わしい心を描く見事な作家なのか。なんと爽やかな心か。涙が流れ落ちたあと、僕の心はきれいな水で洗われたかのごとく清々しさで満たされた。

この小説に感動するなんてリベラルな知識人としては失格かもしれません（実際、周りの反応は冷ややかでした）。しかしリベラルの立ち位置を心配するよりも、自分を含む多くの読者がいったい何に感動したのか、また感動できる人とできない人は何が違うのか、その謎を解いてみたいという好奇心が上回ったのです。

中山郁《なかやまかおる》氏は、特攻戦死者がほかの戦死よりも注目を集める理由として「「壮烈」な「必死」の「特別攻撃」という、誤解を恐れずに言えば「勇壮」さという要素が一定の大きさを占めている」ことを挙げています。[*7] たしかに特攻の表向きの派手さは他を圧倒しますから、どうしても注目されます。しかし、そのことと、特攻が自己啓発的に受容されうる理由とは、区別する必要があります。

『永遠の0』は特攻文学ですが、読者が感動するのは、おそらく前途有為な若者が敵艦船に体当たりしていく特攻の「悲壮さ」「勇壮さ」に対してではない。むしろ、そうしたわかりやすい特攻イメージを否定するために、主人公はあえて妻子のために命を惜しむ優秀な熟練搭乗員という設定にして、彼の冷静な軍事合理的な視点から、戦略戦術指導の誤りが批判されている。したがってそれ自体は、戦後の日本社会の価値観と「地続き」になっており、それゆえ読者は主人公に自然に感情移入できるのです。

そして主人公は、その「地続き」の延長上で、ある命のやり取りをする。託す者と託された者の間にドラマが生まれます（第2章3節を参照）。

悲壮さや勇壮さといった表向きの激しさは、たしかに私たちの感情を強く揺さぶりますが、それは感動とは違う。そういうことで児玉清の心が「きれいな水で洗われたかのごとく清々しさで満たされ」たりはしません。

感動は――児玉清の号泣は――**私たちが大切にしている価値観に深く静かに突き刺さるとき**に生まれます。そしてそれは私たちが持続的に前向きに生きていく力となる。自己啓発とはそうした意味です。安っぽいお涙頂戴モノと甘くみるべきではない。

百田尚樹というベストセラー作家を侮れないのは、そうした意味での感動の再現性を担保した作品を、さまざまな題材を用いながら創作し続けているからです。[*8] 彼にとって特攻は数ある題材の一つにすぎません。

それとよく似た仕掛けの「泣ける」作品に、《アルマゲドン》というハリウッド映画（一九九八年公開）があります。巨大小惑星の衝突から地球を救うために、主人公（ブルース・ウィリス）

＊7　中山郁「「未来の戦死」と「過去の戦死」―井上義和『未来の戦死に向き合うためのノート』を読んで」『戦争社会学研究』四巻、二〇二〇年、八五頁。
＊8　主人公は人間である必要さえない。オオスズメバチの帝国と女王と戦士たちの生涯を感動的に描いた、百田尚樹『風の中のマリア』講談社、二〇〇九年など。

をはじめ石油採掘のプロたちがNASAに呼ばれてチームを組みます。さまざまな難局を乗り越えながらミッションを遂行していきますが、最後の最後で、遠隔装置が故障してしまったため、「仲間たちの宇宙船が脱出したのを見届けた後、小惑星に残って手動で核爆弾のスイッチを押す」という役がどうしても一人必要になります。つまり誰かの死を前提とした作戦であり、これは想定外の特攻作戦です。

当たりクジを引いたのは、主人公の娘の恋人（ベン・アフレック）。彼に宇宙船の外まで付き添った主人公は突然、娘の恋人を船内に押し戻し、自分が外に残ってこう言うのです。[*9]

「娘をよろしく頼む。それがおまえの仕事だ。グレースにふさわしい夫になるんだぞ」

この映画は、要するに英雄的な自己犠牲によって人類滅亡を阻止する物語なのですが、観客が泣くのはそこではない。引用した台詞《せりふ》が引き金となり、主人公と娘とその恋人のあいだで命と引き換えに浮かび上がる関係性が深い感動を呼ぶのです（物語前段での主人公と娘、主人公と娘の恋人のあいだの衝突はそのための伏線です）。

このように、悲壮でも勇壮でもなく、日常と「地続き」にありながら、私たちを力づける価値観とはなにか。命のタスキリレーの中継者としての使命を果たすことである——というのが私の仮説です。

†命のタスキの想像力

命のタスキは、特攻の自己啓発的な受容を説明するうえで欠かせないキーワードです。[*10] 特攻隊員の遺書に書かれた「祖国の未来を託す」「後を頼む」の言葉を、何十年も後の時代に「この私宛」のメッセージとして電撃的に受け取ってしまうことがあります。

冒頭で引用紹介した二つの文章をもう一度ご覧ください。

「そういう人たちの犠牲の上に「今」があり」「彼らが身を投げ打って残してくれた自由な未来に生きている」(A)

「この若者たちの命で私たちの命は成り立っている」「彼らが遺してくれた日本と夢を

＊9　M・C・ボーリン、石田亨訳『アルマゲドン』竹書房文庫、一九九八年、二二九頁。

＊10　命のタスキという言葉は、知覧巡礼の伝道師・永松茂久が初めて電撃的に遺志に感染した瞬間を記した、次の文章に依拠している。「僕はこの遺書から、命がけの「フォーユー」の姿を感じました。「後に続く日本の若者たちが」と書いたこの文章を読んだ時、僕の元に一つの「たすき」が来たような気がしました」(『感動の条件』KKロングセラーズ、二〇一一年、二〇二頁)。永松の『人生に迷ったら知覧に行け』きずな出版、二〇一四年も参照のこと。

たくしてくれた未来」（B）

これが特攻隊員から「この私」に命のタスキが託されたという感覚です。「活入れ」、あるいは遺志への感染です。それで、命のタスキを受け取った人はどうするか。彼らから託された未来を感謝とともに精一杯生きよう。そして次の世代にしっかり受け渡そう。そういう使命感が芽生えます。

ただし、それが何も特別なことではなく、私たちの日常と「地続き」の実践で、じつはすでに――しかしこれまであまり意識せずに――やってきたことだったとすればどうか。

深く静かに突き刺さるのはそこです。「そこ」にある私たちが大切にしている価値観とは、命のタスキリレーの中継者としての使命を果たすことではないか。

命のタスキという言葉からは、生物学的な意味での生命の連続を思い浮かべるかもしれませんが、もっと広い社会的な意味で捉えてみてください。ある男女のもとに生まれ育てられる。自分も家族を持ち、子を生み育てる。老親を世話し、看取る。やがて自分も老いて子や孫の世話になる。これは最も基本的なケアの水準ですが、教育や文化伝達の水準があります。家族に限定されません。時代や社会によっては、親族や地域でそれを担うところもあるでしょう。

会社や業界や共同体など、個人を超えて有形無形の遺産を継承するものにも命のタスキは当てはまります。[*11] 創業者の理念や精神、代々の先人の努力を受け継ぎながら、さらに良くして次の世代に渡すこと。これです。政治・経済・宗教・芸能、すべてこれです。学問研究も同じで、学会や研究会のようなボランタリーな組織を維持するにはこうした精神が不可欠であることは、少しでも経験がある方ならよくご存じのはずです。

先人から受け取ったものを、大切に育て、さらに良くして、次の代に受け渡す。まともな家庭人、まともな職業人——要するにまともな大人——であろうとすれば、自分がこのプロセスの中継者であることに思いが至るはずです。これを感得するのに歴史や古典の素養は要りません。保守とかリベラルといった政治的・思想的立場も関係ありません。[*12]

＊11　柳田國男『先祖の話』はこの中継者としてのあり方をイエ単位で解明したものとして読むことができる。柳田によれば相続対象である「家督」は通常土地家屋などの有形物を指すが、じつは先祖と子孫をつなぐうえでは「無形の家督」が大事なのだという。無形の家督とは、「かほどまでに親密であった先祖と子孫の者との間の交感」（一一節）を通じて「物以外の無形のあるものを、取り添えて相続する」ことであり、「それには確かに単なる伝授以外に、これを承け継ぎ来った代々の意思ともいうべきものが添い、またそれに対する子孫の理解ともいうべきものが伴っていた」（一二節）。

＊12　ただしこうした価値観を他者に向かって押しつけるときに、相手にとっては、伝統や権威を持ち出して個人の生き方を縛ろうとする抑圧的態度として受け取られる可能性があることは自覚しておく必要がある。「使命」というのは自覚した人が果たすことで他者に感染するのであって、他者に強いた途端に変質してしまう。

ただし、ある程度の社会経験は必要なのかもしれません。私自身、二〇代の頃には想像すらできない境地でしたから。自分のことで精一杯でした。リレーの中継者という感覚が芽生えてきたのは、四〇代のいわゆる「責任世代」になってから。自分のことよりも家庭や仕事や地域での役割を優先して考えるようになりました。

中継者というと、先行者から受け取ったものを後続者にパスするという受動的な媒介者のように思われるかもしれませんが、違います。たとえば「子のためになら自分の命は惜しくない」「自分の命を犠牲にしても後の人につなぐ」という「後進のために主体的に命を使う」発想があります。あるいは、先人が自分を信じて託してくれたものを、自分も後進を信じて託す、という世代間の信頼関係です。野球にたとえると「犠打」の思想です（自分のアウトと引き換えに走者を進塁させる）。

ここに込められた「使命」や「信託」といった観念は、人に大きな力を発揮させます。スポーツ選手やアーティストが「支えてくれた人への感謝」や「子供たちへの夢」を決まり文句のように口にするのも、自分を中継者に位置づけることでパフォーマンスが向上することを経験的に知っているからでしょう。この力は自分ひとりで完結する個人主義的な人生観からは生まれません。

†「忠死の系譜」と現代の「活入れ」

現代の知覚での「活入れ」現象について、中山郁氏より近世以来の「忠死の系譜」との類似性をご指摘いただきました。*13 すなわち、楠木正成《くすのきまさしげ》、赤穂《あこう》浪士のような忠義のために命を捧げた先人の想いを尊び、それを受け継ごうとする思想的系譜との関連です。

特攻戦死者の遺書に見られる忠君愛国的な言辞は、これらの「忠死の系譜」に基づき織りなされた規範的なものであったともいえる。つまり、「活入れ」とは、現代の知覚に見られるものというよりも、近世から存在したといえ、また、特攻隊員たちの遺書とは、こうした近世以来の「活入れ」の延長線上にも連なるものであるからこそ、新しい「活入れ」を生み出す種子をその中に含んでいるものと考えられる。

近世史に疎《うと》い私からすれば大変ありがたい指摘です。とくに「忠死の系譜」を主題とする物語が主君に仕える武士だけでなく、庶民にも広く親しまれていたというのは、現代の「活

*13　中山前掲、八三頁。中山はその例として、南宋の忠臣、文天祥の漢詩に感化されて幕末から明治期の日本で作られた一連の「正氣歌」を挙げている。とくに藤田東湖バージョンは幕末の志士に愛吟された。

入れ」（自己啓発的な受容）を考えるうえでも重要な手がかりになりそうです。

そのうえで、特攻隊員の遺書を用いて両者の関係を分析的に考えるためには、少なくとも三つの水準を区別する必要があります。

第一に遺書に記された内容の水準です。「忠死」が主君や何らかの価値に殉ずることを意味するのだとすれば、国家や天皇（や神）のために積極的に命を捧げるのはまさに「忠死」に該当すると思われます。そして多くの特攻隊員が「忠死の系譜」に自らを位置づける遺書を書いているのは確かです。その一方で、多くの遺書は身内に宛てた手紙の形式をとっており、「忠死」への言及とは別に、両親に感謝し弟妹に後を託す内容が綴《つづ》られています。

第二に特攻隊員自身の「活入れ」の水準です。「忠死の系譜」に自らを位置づけるのが軍人の遺書の基本様式だったとしても、学徒兵を含む前途有為な若者たちがそれを本気で信じ切れたわけではないでしょう。いや職業軍人でさえ、死を前提にした作戦には葛藤があったはずです。極限状況のなかで、自らの死を納得して受け入れるためには、抽象的な「忠死」の観念だけではなく、身近な大事な人を守る命のタスキリレーの中継者として自分を位置づける必要があったのだと思います。

第三に後世における「活入れ」の水準です。現代の知覧巡礼にみられる特攻の自己啓発的な受容は、おそらく国家や天皇といった大文字の価値（忠死の系譜）に反応しているのではない。

時代や世代を超えて、いまなお読み継がれている特攻隊員の遺書というのは、忠君愛国的な規範に忠実な勇壮な決意表明よりも、両親や弟妹や我が子など身近な大事な人たちに宛てた「最後の手紙」の部分がクローズアップされているからです。命のタスキを託される感覚は、直接の宛先になかった「この私」にも感染しますが、それを可能にするチャンネルは後者にこそある。

だとすれば、これは大変な逆説です。

周知のように特攻が偶発的な行動ではなく、組織的かつ計画的に遂行されている軍事作戦である以上、たとえ「志願」の建前をとったとしても、志願を募り部隊を編制し作戦を立て命令を出す指導部が存在します。

つまりマクロには軍事合理性を逸脱した自己犠牲の強要なのに、ミクロには——だからこそ国家や天皇ではなく（そうした価値に殉ずることができないからこそ）——大切な人と祖国の未来を想う美しい遺書がたくさん書かれ、だからこそ時代を超えて現代の人びとに届くということになる。だとすれば、歴史の皮肉というにはあまりにも哀しすぎる奇跡といえます。

大切な人に宛てた「最後の手紙」は、国家や天皇に特別な思い入れがない現代人にも——思い入れがないからこそ——突き刺さる。その意味で「忠死」よりも普遍性をもちうるのではないか。

むしろ「忠死」のほうを、命のタスキの特殊形態と位置づけなおすことも可能かもしれません。自分ひとりだけの神（価値的存在）に命を捧げても、それは忠死とは呼ばない。忠誠の対象は、個人を超えて継承される有形無形の遺産につながるものです。だとすれば、「忠死の系譜」の眼目も、目の前の主君や抽象的な観念に身を捧げるというよりは、「それを代々守ってきた先人たち」の具体的な歴史に自分も連なることを意味するからです。

第2章　継承のメディアとしての特攻文学

1節　非体験者による創作特攻文学

†ポスト体験時代の継承問題

体験者の高齢化にともない直接の証言を得ることが難しくなり、いずれは継承の担い手が非体験者ばかりになります。このポスト体験時代において戦争体験がどう継承されうるかは、戦後七五年を過ぎた日本ではとくに切実な問題であり、語り部育成や映像制作などさまざまな方法が試みられています。[*1]

＊1　蘭信三・小倉康嗣・今野日出晴編『なぜ戦争体験を継承するのか―ポスト体験時代の歴史実践』みずき書林、二〇二一年を参照。この問題領域の見取り図として、蘭信三による序章「課題としての〈ポスト戦争体験の時代〉」が便利。

では、ポスト体験時代において、特攻の体験・歴史はいかに継承されるのでしょうか。この問いに対して、本章では特攻を主題として創作された文学作品、とりわけ非体験者による創作特攻文学の分析を通じて考察します。

特攻体験の継承のメディアとして、とくに文学に着目する方法的な意義は二つあります。

第一に、人生の割り切れなさと複雑に矛盾した感情の陰影を、背景や文脈の情報とセットで、そのまま言語表現として保存することができる点です。

あとでまた触れますが、特攻体験者はながらく、自分たちの命がけの経験や死んだ仲間を全否定するかのような戦後的価値観にさらされ、沈黙を強《し》いられてきました。その抑圧の構図はいまでも変わりません。こうした事情を織り込みながら表現できる手段は、まず文学なのです。そこから映画化や舞台化を経て広く知られることはありますが、文学とは何よりも、商業的な採算やスポンサーへの忖度、世間の思惑といった「現在」のしがらみから距離をとりうるメディアなのです。もちろん、そのことと特攻文学が映画や舞台と相性が良いこととはまた別の話です。

第二に、〈妖しい力〉を言葉で包摂することができる点です。

前述の抑圧の構図にもかかわらず、特攻の歴史が人びとの感情に訴えかける〈妖しい力〉はきわめて強いのです。その感化力ゆえに抑圧されるという面もあるでしょう。この力は時代とともに「風化」するどころか、特攻体験者がいなくなるにつれて、むしろ「純化」しているように見えます。それは、遺族や戦友会による慰霊顕彰的な受容とも、学校や報道を通じた平和教育的な受容とも異なる、特攻の自己啓発的な受容の強まりにもうかがえます（第1章）。だとすれば、いま考えるべき特攻体験の継承のあり方とは、記憶の風化を防ぐためだけではなく、自己啓発的に純化される感情を、適切に包摂するためでもなければなりません。

その〈妖しい力〉を研《と》ぎ澄まし、増幅させているのが創作特攻文学です。戦争を知らない非体験世代は自分のなかに体験がありません。彼らが創作する特攻文学は、関連する資料や証言をもとに、非体験者のフィルターを通して再構成されたものです。「風化」への抵抗だけでなく、「純化」への誘惑をどのように作品に昇華するのかについては、特攻体験者とはおのずと違ったものになるはずです。

特攻体験は、本来きわめて個別的なものです。だからたとえ文学的想像力をもってしても、特定の文学作品が、特攻体験の全体を「代表」することはありえません。

ここでは作品や作家を単体で分析するのではなく、創作特攻文学というジャンルを、集団的な営みとして相互に関連づけることで、文学的想像力が描かざるをえなかったもの、描きたいと欲望したものの変容を捉えることができるでしょう。

もっといえば、創作特攻文学というジャンルが集団的な営みとして試みているのは、特攻

図表1　特攻文学の四類型と作品例

<table>
<tr><th></th><th>ノンフィクション</th><th>フィクション</th></tr>
<tr><td rowspan="2">体験者
（戦中世代）</td><td rowspan="2">●吉田満『戦艦大和ノ最期』
●島尾敏雄『出発は遂に訪れず』
●高木俊朗『陸軍特別攻撃隊』
●神坂次郎『今日われ生きてあり』</td><td>●阿川弘之『雲の墓標』
●城山三郎『一歩の距離』</td></tr>
<tr><td rowspan="2">●三島由紀夫『英霊の聲』

非体験者による
創作特攻文学</td></tr>
<tr><td>非体験者</td><td>●辺見じゅん『決定版　男たちの大和』
●赤羽礼子・石井宏『ホタル帰る』
●水口文乃『知覧からの手紙』</td></tr>
</table>

体験者と戦後社会とが和解する、あるいは私たちの社会が特攻の歴史を包摂するための条件を探ることではないか——そのような観点から作品群に向き合っていきます。

†特攻文学の四類型

本書が対象とするのは、非体験者による創作特攻文学です。対象の作品群を、特攻文学全体のなかに位置づけるために、〈体験者—非体験者〉と〈ノンフィクション—フィクション〉という二つの軸による四類型で整理してみます（図表1）。

この場合の体験者とは、もっとも狭い意味では特攻作戦の出撃経験のある者を指しています。たとえば戦艦大和副電測士として沖縄特攻作戦に参加した吉田満《よしだみつる》（一九二三年生）が該当します。その次には、特攻隊員として待機中または特攻要員として訓練中に終戦を迎えた者であり、小型ボートで体当たりする震洋部隊の隊長だった島尾敏雄《しまおとしお》（一九一七年生）、海軍特別幹部練習生として水中特攻・伏龍部隊に配属された城《しろ》山三郎《やまさぶろう》（一九二七年生）などが該当します。
さらに特攻を近くで見聞きし身近に感じる立場にいた者も広義の体験者（戦中世代）と捉えてよいなら、海軍兵科予備士官だった阿川弘之《あがわひろゆき》（一九二〇年生）や陸軍航空通信兵だった神坂次郎《こうさかじろう》（一九二七年生）から、もっと広げて陸軍報道班員の高木俊朗《たかぎとしろう》（一九〇八年生）や陸軍指定食堂の娘で三角兵舎での奉仕経験をもつ赤羽礼子《あかばねれいこ》（一九三〇年生）も含めてよいかもしれません。高木や赤羽は、家族以上に近くで特攻隊員の日常に接する立場にあったからです。このように、特攻体験との関係性にはグラデーションがあるため、明確な線引きは難しくなります。
また、ノンフィクションが自身の体験や史実の記録であるのに対して、フィクションは架空の人物たちの物語です。さしあたりそのように区別したとしても、体験者による特攻文学は、フィクションの形式をとっていても自身のリアルな体験がベースにあるために、実際にはノンフィクションとの明確な線引きが難しくなります。これは戦争文学における小説と「事実」の線引き問題と同じです。[*2]
この二重の線引き問題は、特攻体験者が自身の体験を記録した作品――**図表1**の左上の

＊2　川村湊・成田龍一・上野千鶴子・奥泉光・イ ヨンスク・井上ひさし・高橋源一郎・古処誠二『戦争文学を読む』朝日文庫、二〇〇八年。

象限《しょうげん》（体験者×ノンフィクション）――を基準に、それとの比較によって分類を試みたときに陥る困難です。

それに対して、本書が注目するのは、非体験者による創作特攻文学です。これは**図表1**の右下の象限（非体験者×フィクション）に位置づけられます。これを基準として作品群を同定することは、前者に比べるとはるかに容易です。

タイムスリップや入れ替わりなどのSF的な設定からおのずと明らかな場合もありますが、ほとんどの作品は、「フィクションである」旨の但し書きを記すか、参考文献リストを巻末に付けるか、あとがきで執筆の経緯を述べるか、いずれかが施《ほどこ》されているので判断に迷う余地はありません。非体験者かどうかについては年齢と経歴から判断することができます。もちろん、たとえ戦後生まれでも、家族・親戚や身近な知人に特攻隊員がいた可能性は否定できませんが、これだけなら非体験者としてよいでしょう。

今回取り上げる非体験者による創作特攻文学としては、特攻を主題としたフィクションの小説または戯曲で単行本化されたものに限定します。[*3] ここには映画やドラマ、舞台等の脚本の小説化（ノベライズ）も含みます。単行本はより長くより多くの読者に届く媒体です（文庫化されるものも少なくない）。

特攻（体験）が物語の進行上重要な鍵を握っていたとしても、「主題」とはいいがたい作品群はたくさんあります。今回は割愛しましたが、例えば以下のような作品があります。

山田太一『山田太一セレクション　男たちの旅路』里山社、二〇一七年（一九七七〜七九年放映のテレビドラマの脚本）。橋田壽賀子『夫婦』中公文庫、一九八六年（一九七八年放映のテレビドラマの脚本）。この二作品の主人公は特攻隊の生き残りであり、創作特攻文学の「前史」として第4章で扱う。橋田壽賀子の自伝的小説『春よ、来い』（二巻・戦中篇）NHK出版、一九九四年（一九九四〜九五年放映のNHK朝の連続テレビ小説の原作）には初恋の相手が特攻隊員として戦死する挿話がある。

比較的最近のものを挙げる。吉本健二『戦国特攻隊「時間渡航計画」』学習研究社（歴史群像新書）、二〇〇九年。団鬼六『往きて還らず』新潮社、二〇〇九年（＝新潮文庫、二〇一一年）。鈴木光司『鋼鉄の叫び』角川書店、二〇一〇年（＝角川文庫、二〇一三年）。城成夫『恋い恋いて』パ

＊3　内田康夫『靖国への帰還』講談社、二〇〇七年（＝講談社文庫、二〇一一年）は帝都防空で特攻に近い困難な任務を負っていた主人公が現代にタイムスリップする物語であるが、厳密には特攻隊とはいえないので今回の分析対象からは外した。また須崎勝彌『蒼天の悲曲―学徒出陣』光人社、二〇〇〇年（＝光人社NF文庫、二〇一七年）、古川薫『君死に給ふことなかれ―神風特攻龍虎隊』幻冬舎、二〇一五年（＝幻冬舎文庫、二〇一八年）は作者が広義の特攻体験者であり、神山圭介『鴇《とき》色の武勲詩』文藝春秋、一九七七年は作者が特攻で戦死した兄の足跡を辿る物語なので、いずれも今回の分析対象から外した。

レード、二〇一〇年。尾上与一『天球儀の海』蒼竜社、二〇一二年。永瀬隼介『カミカゼ』幻冬舎、二〇一二年（＝幻冬舎文庫、二〇一五年）。高田崇史『軍神の血脈―楠木正成秘伝』講談社、二〇一三年（＝講談社文庫、二〇一六年）。清宮零『空人―死者との約束』文芸社、二〇一四年。西村京太郎『東京と金沢の間』中央公論新社、二〇一五年（＝『東京―金沢―六九年目の殺人』中公文庫、二〇一七年）。室積光『遠い約束』キノブックス、二〇一七年。西村京太郎『知覧と指宿枕崎線の間』角川書店、二〇一八年。中脇初枝『神に守られた島』講談社、二〇一八年。

また特攻を主題としていても、雑誌や短編集の掲載作品、電子媒体やオンライン小説、オンデマンド印刷、児童書、漫画についても割愛しました。[*4] こうして収集されたのが、**図表2**に掲げる二一作品です。このリストは今後補完される余地がありますが、本章の目的にはさしあたりこれで十分と考えます。

ノンフィクション版と、それを小説化したフィクション版の両方が刊行されている場合もあります。

たとえば、本章でも取り上げる辺見じゅん『小説　男たちの大和』（二〇〇五）は、ノンフィクション『男たちの大和』（一九八三＝「決定版」二〇〇四）を原作とした同じ題名の映画版を小説化したものです。

横山秀夫《よこやまひでお》『出口のない海』（二〇〇四）の成立経緯はもっと複雑なので、テキストの変容過程と異同関係を詳細に明らかにするだけでも、ちょっとした研究になるほどです。

横田寛『あゝ回天特攻隊』（光人社、一九七一年＝光人社NF文庫、一九九四年）をもとに、追加取材してドキュメント・コミック「出口のない海」（原作横山秀夫・漫画三枝義浩）として『週刊少年マガジン』一九九五年三九号・四〇号に連載され（最初の漫画版は二〇一五年に講談社から刊行）、これを小説化したものが講談社のマガジン・ノベルズ・ドキュメント『出口のない海―人間魚雷回天特攻作戦の悲劇』（一九九六）であり、さらに全面改稿してできた。『出口のない海』（二〇〇四）が一九九六年版（講談社マガジン・ノベルズ・ドキュメント）と大きく異なる点のひとつは、物語の「現在」が戦後五〇年から六〇年に変更された点である。もうひとつは、一九九六年版に本名で登場した横田寛（『あゝ回天特攻隊』著者）が二〇〇四年版では「沖田寛之」という名前に変えられた点である。

＊4　オンライン小説とはいわゆる「無料小説投稿サイト」で閲覧できる作品で、インターネットで「特攻隊　小説」でキーワード検索するとリストが出てくる。オンデマンド印刷の例としては暁喜綾敬『若草の余慶』株式会社インプレスR&D、二〇一七年、児童書の例としては内田庶策・鴇田幹絵『タイムトラベル―さまよえる少年兵』岩崎書店、一九九五年、手島悠介作・岡本颯子絵『星になった子ねずみ』講談社、二〇一六年など。

概要	文庫、映画、TV ドラマ
出撃前に国民学校でピアノ演奏した陸軍特攻隊員の話をきっかけに、当事者の消息を尋ねて、生き残った関係者を探す。	•映画 1993 の小説化 •文庫 1995、ドラマ CD2003、絵本 2004
漫才コンビが過去（海軍鹿屋基地）にタイムスリップして特攻隊員に。	•舞台 1988- の小説化 •映画 1995、文庫 2001、TV2005
海軍鹿屋基地で出会った 7 人の仲間たちの友情を「今どきの若者」に寄せて描く。	•映画 1995 の小説化
陸軍特攻隊の生き残り。特攻死した朝鮮半島出身の戦友の許婚と結婚して生きてきたが、彼の遺言を遺族に伝えにいく。	•映画 2001 の小説化 •文庫 2002
陸軍特攻隊の生き残り。出撃後に漂着した沖縄の孤島を訪ね、当時の関係者や血縁者と出会う。	（文庫書き下ろし）
航空機事故をきっかけに、現代の副操縦士の男性と CA の女性が、帝都防空の歴史を知る。	—
祖母が孫（大学生男子）に語る恋人の話。大学生だった恋人は、学徒出陣で陸軍特操を志願、特攻隊員として出撃した。	•文庫 2010
学生野球の投手が、学徒出陣で海軍予備学生を志願、「回天」搭乗員に。	•漫画 1995 = 2015 を小説化した原作 1996 の全面改稿 •映画 2006、文庫 2006、漫画 2006
フリーター男子と戦時中の予科練出身飛行練習生がタイムスリップして入れ替わり、フリーターは「回天」搭乗員に。	• TV2006、文庫 2006、ラジオ 2007
戦艦大和乗組員の生き残りの養女が、養父の戦友とともに漁船で大和沈没地点を目指す。	•原作 1983=1995=2004 •映画 2005 の小説化　•文庫 2006
司法浪人男子とライターの姉が、零戦搭乗員として特攻出撃した実の祖父について、生き残った関係者から証言を集める。	• 文庫 2009、漫画 2010-2012、映画 2013、TV2015
海軍鹿屋基地で出撃を控える特攻隊員が、ラジオから届いた未来の電波で、間もなく「終戦」を迎えることを知る。「流れる雲よ」は戯曲集の題名で、作品名は「飛行機雲」。	•ラジオ 2000 の舞台化
予科練から「伏龍隊」に配属されてからの訓練の日々。	•文庫 2011
海兵団から「伏龍隊」配属されてからの訓練の日々。生き残りに自伝執筆を依頼された現代のライターが再構成する。	•文庫 2012
終戦から 65 年後の東京駅に英霊を乗せた列車が到着する。	•棟田博の小説 1955 の翻案 •舞台 2010-2011、TV2010
大学工学部から学徒出陣、知覧分廠に配属されて、整備班班長として特攻機の整備に携わる。	•文庫 2014
高 3 男子が過去にタイムスリップして飛行練習生となり、特攻出撃の最中に、再び現代（1 年後）に戻ってくる。	—
生きる希望を失ったニート男子が過去（陸軍知覧基地）にタイムスリップ、記者見習として基地に滞在して、特攻隊員と交流する。	—
反抗期の中 2 女子が過去（知覧）にタイムスリップ、陸軍指定食堂を手伝いながら、特攻隊員と交流、学徒兵に恋する。	•ケータイ小説の文庫化
いじめを苦に自殺を考える中 2 男子が、北海道旅行中に訪れた病院で、入院中の特攻隊の生き残り（佐々木友次）と出会う。高木俊朗『陸軍特別攻撃隊』も同時に読みすすめる。	•新書 2017 の小説化 •文庫 2019
ともに甲子園を目指した日本人と朝鮮人の親友同士が、陸軍予科士官学校（→エリート士官）と陸軍少年飛行兵（→戦闘機搭乗員）にわかれ、フィリピン、知覧で再会する。	—

図表２　非体験者による創作特攻文学　作品一覧

番号	タイトル	出版社	刊行年	著者	生年（年齢）	体験者の回顧	今時の若者	時間移動
1	月光の夏	汐文社	1993	毛利恒之	1933 (60)	●		
2	ウィンズ・オブ・ゴッド一零のかなたへ	角川書店	1995	今井雅之	1961 (34)		●	●
3	君を忘れない一FLY BOYS, FLY!	角川書店	1995	長谷川康夫	1953 (42)			
4	ホタル	角川書店	2001	竹山洋著＋製作委員会編	1946 (45)	●	○	
5	月光の海	講談社	2001	毛利恒之	1933 (68)	●		
6	青天の星	光人社	2003	毛利恒之	1933 (70)	○	○	
7	二十歳の変奏曲	有楽出版社	2004	稲葉稔	1955 (49)	○	○	
8	出口のない海	講談社	2004	横山秀夫	1957 (47)	●		
9	僕たちの戦争	双葉社	2004	荻原浩	1956 (48)		●	●
10	小説　男たちの大和	角川春樹事務所	2005	辺見じゅん	1939 (66)	●	○	
11	永遠の０	太田出版	2006	百田尚樹	1956 (50)	●	●	
12	流れる雲よ（戯曲）	創芸社	2006	草部文子	1957 (49)			●
13	群青に沈め一僕たちの特攻	角川書店	2008	熊谷達也	1958 (50)			
14	伏龍一海底の少年特攻兵	河出書房新社	2010	阿井文瓶	1941 (69)	●		
15	歸國（戯曲）	日本経済新聞出版社	2010	倉本聰	1935 (75)			○
16	翼に息吹を	角川書店	2011	熊谷達也	1958 (53)			
17	昨日の蒼空、明日の銀翼	講談社	2012	菅野ユウキ	1977 (35)		●	●
18	神風ニート特攻隊	地湧社	2015	荒川祐二	1986 (29)		●	●
19	あの花が咲く丘で、君とまた出会えたら。	スターツ出版	2016	汐見夏衛	不詳		●	●
20	青空に飛ぶ	講談社	2017	鴻上尚史	1958 (59)	○	●	
21	赤い白球	双葉社	2019	神家正成	1969 (50)	○		

もとのドキュメント作品の痕跡が本文から消去されたことで完全なフィクションになった。

これらは「事実がどう改変されたか」という否定的な意味ではなく、「事実を素材にどうオリジナルな物語が創作されたか」という観点からも、大変興味深い対象といえます。

†〈差し出す者〉と〈受け取る者〉

創作特攻文学は、戦争文学のなかでも、とりわけ体験の継承（の困難）という課題に自覚的であり、それゆえ継承のコミュニケーションを描くための設定上の工夫もさまざまに凝らされてきました。作品群の具体的な分析に入る前に、分析するための道具立てについて、予備的な考察をしておきます。

体験や記憶の継承において、出来事や背景の正確な記述や、記録媒体への保存の技術、受容と解釈の作法のように、客観性を担保することはもちろん重要です。

しかしそれに劣らず重要な問題があります。特攻体験に関する継承の困難とは、コンテンツやメディアの問題以上に、コミュニケーション不全とそれへの絶望の問題なのです。特攻体験そのものがきわめて悲惨だったというだけでなく、本章の冒頭でも述べたように、生き残った者が戦後社会で被《こうむ》った疎外状況も大きいからです。[*5]

継承のコミュニケーションは〈差し出す〉と〈受け取る〉という二つの契機からなります。すなわち〈差し出す者〉と〈受け取る者〉という非対称な二者の協働によって成り立つのであって、〈差し出す〉だけでも〈受け取る〉だけでも、継承は成り立ちません。創作特攻文学の作品群を分析するための手掛かりとして、まず、この非対称な二者がどのような属性と役割を与えられているかに着目します。

戦争体験の継承、という問題意識からイメージしやすいのは、〈差し出す〉のは回顧する特攻体験者（目撃者または生き残り）で、〈受け取る〉のが非体験者――たいてい歴史の知識はおろか関心も薄い「今時の若者」――という構図です。

図表2に「体験者の回顧」と「今時の若者」の項目を設け、物語の進行上重要な役割を果たす場合に●を、またそれに準ずる役割の場合に○をそれぞれ付しておきました。これをみるとわかるように、回顧する体験者と今時の若者の両方が主体的に関わりあう物語となると、じつは一つしかありません（『永遠の0』のみ）。

＊5　体験者に沈黙を強いる疎外状況という意味では、戦時性暴力の加害／被害体験も、特攻と似ていると思われるかもしれない。ただし、性暴力が人権侵害として否定され被害者の尊厳の回復へと向かったのに対して、特攻の場合、作戦指導は否定されても体験者の尊厳は回復されない。戦後的価値が、彼らの存在を犠牲者（被害者）としてのみ許容するかぎり、疎外状況は変わらない。

〈受け取る者〉がいなければ、〈差し出す者〉はいたずらに年齢を重ねていきます。〈受け取る者〉が現われたとしても、〈差し出す者〉はこの世にいないかもしれません。逆に、両者が直接出会わなくても――もっといえば両者が同じ時代に生きていなくても――モノや手紙を介して継承が成り立つことがあります。継承の物語は、必然的に、困難や奇跡の物語となるでしょう。

そして、ある小説が継承のメディアであるというとき、二つの意味があります。

ひとつは物語による継承、すなわち小説が〈差し出す〉著者と〈受け取る〉読者を媒介するメディアとなっている場合です。

もうひとつは物語内での継承、すなわち物語世界のなかに〈差し出す者〉と〈受け取る者〉のどちらか一方、または両方が登場する場合です。これは、継承（の困難）の物語を描くことで、読者への継承を試みるというメタ構造になっています。そして現代の創作特攻文学においても、このメタ構造がよく用いられてきました。

†「過去」と「現在」の時間的距離

〈差し出す〉のが体験者で〈受け取る〉のが非体験者である場合、両者は時間的存在としても非対称です。

物語の時間は、二つの時点に規定されます。ひとつは一九四五年の特定時点（過去）であり、もうひとつは物語が展開する時点（現在）です。二つの時点は、特定の「過去」を原点とする絶対座標と、物語世界の「現在」を基準とする相対座標に対応しています。特攻文学が歴史的事実としての特攻作戦を参照する以上、どんな創作もこの絶対座標のうえに成り立っています。

物語が戦時中を描く場合は「過去」＝「現在」です。それに対して「現在」が二〇二〇年の場合、「過去」とは七五年分の時間的な距離があります。「現在」は作品の刊行年（執筆時期）とはかぎりませんが、「現在」が絶対座標上のどこに位置するか――あの戦争から何年が経過したか――という情報はたいてい作中に書き込まれています。

そして物語の登場人物の身体は、二時点のどちらかに係留（anchoring）されています。「今時の若者」として描かれる非体験者は「現在」に係留されているので歳をとりません（つねに若者）。それに対して、特攻体験者は「過去」に係留されているので時間経過にともなって必ず歳をとります（二〇歳の若者は七五年後には九五歳）。つまり「現在」の時点にかかわらず「今時の若者」を登場させることはできますが、歴史の生き証人である特攻体験者の登場には当然のことながら物理的な制約があります。

創作特攻文学を継承のメディアとして捉え直すとき、「過去」と「現在」の時間的距離という制約条件のなかで、特攻体験者と「今時の若者」がどのように出会い（または出会うことなく）、何を〈差し出し〉、何を〈受け取る〉のかが問われます。

図表2の二一作品の「現在」は、戦時中を除くと、一九八九年（『月光の夏』『ホタル』）から二〇一八年（『赤い白球』）にかけて三〇年の幅があります。*6 平成の時代と一致しているのは偶然ではありません。特攻体験者が沈黙を破って語り始めるきっかけは昭和天皇の崩御《ほうぎょ》だったからです。

しかし昭和の終わりに六〇歳代だった特攻体験者は、「過去」に係留されているがゆえに、平成の終わりには九〇歳代になっています。それがいったい何を意味するのかについては、最後の節で考察します。

2節　寡黙な祖父たちが語りだすとき――昭和の終わりの転換

†創作特攻文学の前史――『英霊の聲』と『サイパンから来た列車』

非体験者による創作特攻文学の作品リスト（**図表2**）には一九九二年以前に刊行されたものは含まれていません。リストはあくまでも暫定版であり、今後の調査の進展により、それ以前に遡る作品が発掘される可能性もあります。

そのうえで、創作特攻文学の前史のなかで、参照すべき作品を二つ挙げておきます。今後、創作特攻文学の作品リストが多少増補されることがあっても、この二作品の参照項としての重要性は揺らがないと思われます。

ひとつは三島由紀夫《みしまゆきお》（一九二五年生）の『英霊の聲』（一九六六）です。[*7] 修羅能の様式にのっとり、二・二六事件の青年将校の霊（兄神）とともに特攻隊員の霊（弟神）を降ろし、敗戦後に人間となった天皇への恨み（「などてすめろぎは人間となりたまいし」）を語らせる有名な作品です。

もうひとつは棟田博《むねたひろし》（一九〇九年生）の『サイパンから来た列車』（一九五五）です。[*8] 深夜の東京駅に到着した列車から英霊たちが降りてきて、元の職場や家族の様子をのぞきに行きま

*6　今回の分析対象からは外しているが、例外的に、須崎勝弥『蒼天の悲曲』の「現在」は一九六八年である。

*7　三島由紀夫は特攻体験者ではない。『決定版　三島由紀夫全集』（新潮社）四二巻所収の「年譜」によれば、一九四四年五月徴兵検査第二乙種合格、九月学習院高等科卒業（学業短縮措置による）、一〇月東京帝国大学法学部入学。一九四五年一月学徒勤労動員で中島飛行機小泉製作所（群馬県）に入所、総務部調査課文書係に配属。海軍工廠での学徒動員。二月入隊検査を受けるが「右肺浸潤」の診断が下され即日帰郷。五月勤労動員として海軍高座工廠（神奈川県）に入所。

す。戦死した家族や同僚の記憶が薄れてきた戦後一〇年というタイミングに発表されました。「英霊を現代に蘇らせる」という設定としては三島の『英霊の聲』より一一年も先行していますが、この作品の英霊は特攻隊ではなく、サイパンの戦いで玉砕した日本軍守備隊です。どちらも英霊を主人公として、死者の視線に仮託して戦後社会のあり方を鋭く問い直す物語です。戦後社会を問い直すときに、「祖国のために命を捧げた存在」を登場させるのはとても効果的であることがわかります。

特攻隊員の登場しない『サイパンから来た列車』を創作特攻文学の前史とみなすのは、まさにその「戦後社会のあり方を鋭く問い直す」目的に沿って効果を最大化するために、後に翻案される際に、英霊の属性が特攻隊に変更されるからです。それが倉本聰《くらもとそう》による戯曲『歸《き》國《こく》』（二〇一〇）です。

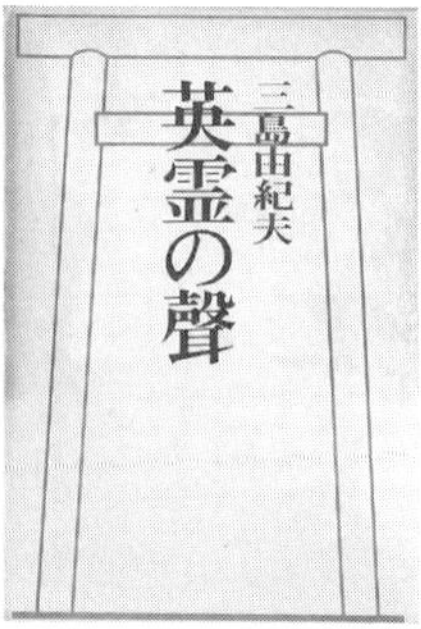

三島由紀夫『英霊の聲』（河出書房新社、1966年）

棟田博『サイパンから来た列車』（大日本雄弁会講談社、1956年）

倉本聰（一九三四年生）は学生時代に聴いたラジオドラマ版《サイパンから来た列車》が忘れられず、一九九八年に自身の脚本で再演（ニッポン放送）、さらに新たに戯曲『歸國』を書き下ろして二〇〇九年に舞台化、二〇一〇年にはテレビドラマ化を実現しました。五〇年以上もこの作品にこだわり続けた執念を「あとがき」でこう記しています。[*9]

高度成長、平和、豊饒、その中で夫々が私欲に狂い、我が世の春を謳歌する姿。／その中に突然英霊たちが当時の心のまゝ歸國して来たら彼等はどのようなショックを受けるのだろうか。／十年前にラジオドラマ「サイパンから来た列車」を書いた時から更に十

倉本聰『歸國』
（日本経済新聞社、2010年）

＊8　棟田博は特攻体験者ではない。日中戦争では陸軍伍長として作戦に参加。太平洋戦争中は陸軍の従軍作家として南方各地を訪問した。『サイパンから来た列車』の初出は『面白倶楽部』一九五五年一〇月号。一九五六年には《姿なき一〇八部隊》（監督：佐藤武）として映画化された。ラジオドラマ版は一九五五年のＮＨＫのほかに、一九五六年のラジオ東京でも放送された。『年刊ラジオドラマ』四集（一九五六年版）に収録されている脚本（脚色：近江浩一）には、「昭和三十一年十一月放送・ラジオ東京」（一五二頁）、「これはラジオ東京の、第十回芸術祭参加放送劇の中の一つである」（一八二頁）との注記がある。

＊9　倉本聰『歸國』日本経済新聞出版社、二〇一〇年、一八六頁。

年の世の中の変貌を見ながら、僕の心にどんどん膨らむ怒り、空しさ、絶望感が、この「歸國」を書かせた原動力である。

このとき倉本は主人公の英霊を、サイパンで玉砕した守備隊から、「大本営参謀の謀る特攻計画」により沖縄に向かう途中に輸送船を撃沈された「斬り込み隊」に変更しています。[*10] 史実にはない想像上の特攻作戦です。あえてそうしたのはなぜか。

倉本は戯曲執筆にあたって鹿児島の知覧特攻平和会館に何度も訪れ、そのたびに「出撃を前にした若者たちの何とも翳《かげ》りのない明るい笑顔」にショックを受けたそうです。そのショックとは、大勢の若者の死という悲劇に対するもの（だけ）ではありません。彼らの「翳りのない明るい笑顔」に胸を張って応えられる生き方を私たちはして来ただろうか、という痛烈な自省と深い負い目です。[*11]

恐らく翳りない心情に達するまでの無限の懊悩《おうのう》があったにちがいない。そしてその心情に達する為には、家族の為、愛するものの為にという強引な信念へのある種の解脱が必要だったのではないか。だがその信念の対象であった筈の家族・子孫・故国日本が、彼らのことなど全く忘れ、今の豊かさに浮かれ狂っているとするなら、英霊たちにとってみれば「あんまりじゃないか！」と呟くしかあるまい。

戦後社会のあり方を鋭く問い直すために召喚される英霊は、戦後一〇年ならサイパン島の守備隊でよかった。しかし、戦後六五年であるならば沖縄戦の特攻隊でなければならない。それがドラマ界の巨匠である倉本聰の判断だったということです。この設定変更の意味について、ここでは深入りしませんが、戦死者をめぐる想像力の変容を示唆しており大変興味深いです。

三島由紀夫は特攻隊員と同世代ですが、戦場経験はおろか軍隊経験もなく、特攻隊員との接点も確認されていません。[*12] 逆に、だからこそ『英霊の聲』のような観念的で大胆な創作が可能になったともいえます。三島が江田島の海上自衛隊の教育参考館をはじめて訪れて大量の特攻隊員の遺書に接したのは、『英霊の聲』の発表後です。[*13] 三島の観念的な英霊観は、遺

＊10　同書、巻末付録「創作ノートより　英霊たちの背景」を参照。
＊11　同書、一八八頁。
＊12　戦時中に学習院時代の親友に送った便り（一九四五年四月二一日付）には特攻隊について興奮気味の感想が書かれている（三谷信『級友　三島由紀夫』中公文庫、一九九九年、八九頁以下）。

書に接したことによって強化され、具体的な行動に結びつきます。江田島訪問のあとに、日本刀を購入して、自衛隊体験入隊の実現にむけて動き出すからです。

『サイパンから来た列車』と『英霊の聲』には、どちらも英霊が〈差し出す者〉として登場しますが、前者の英霊は姿も見えないし声も聞こえないので、生きている者に〈受け取る者〉はおらず宙吊りのままであるのに対して、後者の英霊は霊媒を通して明晰《めいせき》に語り、それをその場に居合わせた者全員がしかと〈受け取る〉、という対照的な展開を辿ります。

現代の創作特攻文学では、倉本の『歸國』を唯一の例外として、特攻隊員が死者＝英霊として登場して恨み言を述べたりすることはありません。

英霊が登場しない代わりに、特攻体験者（生き残り）が――姿も見えず声も聞こえない――死んだ仲間にどう向き合うかが物語の軸となります。以下でみるように、彼らの「翳りのな

毛利恒之『月光の夏』（汐文社、1993年）

神山征二郎監督《月光の夏》DVD（ポニーキャニオン、2006年）

い明るい笑顔」に向き合うことは、ある意味、恨み言を直接ぶつけられるよりもはるかに辛いことなのです。

†生き残り者の負い目を癒す――『月光の夏』

対象作品群のなかで、特攻体験者を、回顧・証言する〈差し出す者〉として描いたものは七作品、それに準ずる役割の人物を登場させたものも含めると一一作品あります。このうち『月光の夏』『ホタル』『出口のない海』『小説　男たちの大和』『永遠の0』の五作品は物語としての完成度が高く、さらに映画版とあわせて社会的な認知度も高いので、これらを中心にみていくことにします。

非体験者による創作特攻文学の嚆矢《こうし》としてまず取り上げるべきは、毛利恒之『月光の夏』（一九九三）です。物語の「現在」は一九八九年の一二月。元小学校教諭の吉岡公子が全校児

＊13　「年譜」によれば、『文藝』一九六六年六月号に「英霊の聲」を発表後、同年八月二六日に「江田島の海上自衛隊第一術科学校を見学。同校内の教育参考館で、特攻隊員の遺書を見る」とある。そのあと林房雄と野坂昭如との対談で、それぞれに江田島での特攻隊員の遺書に「心を打たれた」と述べている（『全集』三九巻、六八一、六八四頁）。三島は一九七〇年の陸上自衛隊市ヶ谷駐屯地での決起の前月にも、教育参考館を訪れている（『朝日新聞』一九九三年六月二三日夕刊「三島由紀夫の涙「臣民」教育の影」）。

童の前で古いグランドピアノの思い出を語り始めます。

四四年前の一九四五年五月、一八歳の吉岡が代用教員として勤めていた佐賀県の鳥栖《とす》国民学校に陸軍目達原《めたばる》基地[*14]から二人の特攻隊員が訪れ、出撃前にピアノを弾かせてほしいと頼みこみ、ベートーヴェンのピアノソナタ一四番「月光」を演奏していったというのです。

この特攻秘話はマスメディアを通じて広がり感動を呼びました。ところが、吉岡の記憶を裏付ける証拠はなく、「ピアノを弾いた特攻隊員とは誰だったのか」は謎に包まれたままで、次第に作り話ではないかと疑う声すら出てくる始末。事態の打開のため、ラジオ制作部のディレクターから依頼を受けた作家の三池安文が乗り出します。三池が吉岡と協力しながら取材を進めていくうちに、ずっと証言を拒んでいた元特攻隊員・風間森介の心をついに動かし、真実が明らかにされます。

特攻体験者たちは特攻の記憶を語りたがらない。悲惨な体験の辛い記憶だから、というだけではありません。一緒に出撃した仲間が死んで自分だけが生き残ってしまい、死んだ仲間に申し訳ないという「生き残り者の負い目 survivor guilt」[*15]に拘束されているからです。

それに加えて「死に損ない」に対する戦中戦後の酷薄な仕打ちがありました。出撃後に機体のトラブル等でやむなく帰還した者は、福岡の振武寮という極秘の施設に隔離収容され、屈辱的な扱いを受けました。戦後も、特攻で死んだ仲間や生き残った自分に対して、世間は手のひらを反すように追い討ちをかけたのです。

この国を護るために一命をなげうった特攻隊員たちの犠牲は忘れられた。それればかりか、彼らの死を「犬死に」呼ばわりする者さえ現われた。風間には耐え難い苦い日々であったろう。狂騒の世に背を向け、山深いこの地に身をおいて、絶望と虚脱のなかに生きるほかなかった風間の思いが、三池はわかるように思う。[*16]

〈受け取る者〉なくして〈差し出す者〉は現われない。

特攻体験者たちの「過去」に固着した時間を「現在」に向かって動かして〈差し出す者〉たらしめたのは、吉岡公子と三池安文という二人の非体験者が〈受け取る者〉として現れた

*14 大刀洗《たちあらい》陸軍飛行学校目達原分校。二人は学徒出陣で特別操縦見習士官に志願して戦闘機搭乗員になったと思われる。

*15 森岡清美『決死の世代と遺書―太平洋戦争末期の若者の生と死〔補訂版〕』吉川弘文館、一九九三、二一〇頁。たとえば次のような感情である。「終戦の日がめぐってくる、夏が、つらい……。生きているのが、申し訳ない気がして……。ともに死のうと誓いあった仲間たちに……。戦争で死んだひとたちに……」(『月光の夏』文庫版、二〇三頁)。

*16 前掲『月光の夏』文庫版、二〇五頁。傍点引用者。

ことによります。三池は終戦時に陸軍少年飛行兵志望の旧制中学一年生で、特攻隊の生き残りの従兄をもつという経歴から、元特攻隊員たちの頑なな心に寄り添うことができました。〈受け取る者〉は二人だけではありません。この特攻秘話がラジオで放送されると「感涙した」という感想が続々と寄せられました。その数の多さに驚いた吉岡が「どうして、こんなにも、みなさんが泣いてくださるんでしょうね」と尋ねると、三池はこう答えます。

「その涙は……、特攻で亡くなったひとたちの霊を慰めることになるんじゃないでしょうか」[*17]

涙の原因（なぜ泣くのか）を問うているのに、涙の結果（霊を慰めることになる）を答えているのは、

竹山洋著・「ホタル」製作委員会編『ホタル』（角川書店、2001年）

降旗康男監督《ホタル》DVD（東映、2002年）

奇妙に思えるかもしれません。けれども、この涙が、特攻による死者と生き残った者の双方を世間が包摂した＝〈受け取る〉しるしとして流されたと考えるなら、まったく奇妙ではありません。

自らが目撃した体験を話す、当事者どうしが面会する、ピアノを演奏する。こうした重要な場面のたびに涙が流される。『月光の夏』は説明ではなく感涙によって特攻体験者をめぐる関係性が修復されていく物語なのです。

†仲間に託された遺言に向き合う――『ホタル』

次に竹山洋《たけやまよう》著＋「ホタル」製作委員会編『ホタル』（二〇〇二）を取り上げます。

物語の「現在」は『月光の夏』より少し前の一九八九年一月七日、昭和最後の日です。元特攻隊員の山岡秀治は妻の知子と二人で鹿児島県の漁村で静かに暮らしていましたが、昭和天皇の崩御をきっかけに四四年前の「過去」に固着した時間が動き始めます。山岡に特攻批判のコメントをさせようと新聞記者が連絡をとってきたり、同じく特攻隊で生き残った戦友・藤枝洋二が自殺したり、戦時中に知覧で世話になった軍指定食堂の女将《おかみ》から、老人ホームに

＊17　同書、一五三頁。

入居するからと朝鮮人特攻隊員・金山文隆（キム少尉）の遺品を託されたりします。山岡の視点から「過去」と「現在」を行き来しながら、キム少尉が山岡と藤枝に託したある遺言の存在を中心に、登場人物たちの関係性が丁寧に解き明かされていきます。

　この映画はもともと俳優の高倉健《たかくらけん》がテレビで富屋食堂女将の鳥濱《とりはま》トメのドキュメンタリーを観たのがきっかけで企画されたものなので、[*18] 脚本家が書いた小説版『ホタル』も主人公山岡は高倉健のイメージで「当て書き」されています。

　物語の「現在」時点で山岡は六〇歳代半ばの現役の漁師ですが、一九三一年生まれの高倉健も映画製作時には七〇歳前、深い屈折を抱えた寡黙な老人を見事に演じています。寡黙な理由は映画の脚本には反映されていませんが、小説にはきちんと書き込まれています。「特攻くずれ」という呼び方が戦後しばらく残っていました。姪が銀行の就職試験を受けた際に、叔父の山岡が特攻隊員だったことが理由で不採用になったというのです。抗議に訪れた銀行の支店長から冷たくあしらわれた山岡の心の声が、こう記されています。

> こういう奴ばかりだ。恥ずかしいと自分を責める代りに、捨てた戦前の影を徹底的に否定し、無視することで今の自分が正しいと思い込みたいのだ。（略）それが戦後の日本人か、と、山岡は思った。以来、山岡は一度も特攻について他人に語ったことはない。語

れば語るだけ英霊の真実を歪めるのだ。誰一人、他人の死など解る筈がないのだ。*19

『ホタル』の山岡の場合、「過去」に固着した時間を「現在」に向かって動かしたのは、特攻隊の仲間だった藤枝の自殺です。

出撃前のキム少尉の言葉を直接聞いた存命者が、これで自分一人だけになってしまった。託された遺言は名宛人のもとに届けなければならない。そしてキム少尉がどのような想いで出撃したのか、最期の言葉を遺品とともに遺族に伝えなければならない。それができるのは自分のほかにいない……。逡巡する山岡の背中を押したのは、キム少尉の遺品を預かっていた軍指定食堂の女将でした。

こうして山岡が〈差し出す者〉となることで、妻の知子と韓国の遺族が〈受け取る者〉となります。知子も遺族も、自らは積極的に受け取ろうとしなかったにもかかわらず、です。この点は、〈受け取る者〉が特攻体験者に積極的に働きかけた『月光の夏』とは逆のパターンです。

＊18　『ホタル』文庫版、二三〇頁、降旗康男監督による解説より。
＊19　同書、四七頁。傍点引用者。

知子は許婚《いいなずけ》だったキム少尉の話題に触れること自体を避けてきました。それは山岡も同じで、そこに触れることで戦後の二人の結婚生活が壊れてしまうのを恐れたからです。しかしそれでもキム少尉に向き合おうとする山岡の懊悩を知り、知子も〈受け取る〉覚悟を決めます。

「(略)聞きたいわ。私がいなくなったあと、あなたが遺言を伝えなかったと後悔しない為にも、どうしても聞いておきたいわ。聞いてもその言葉で、私が縛られないことをあなたに見せてあげたいわ」*20

そしてキム少尉の遺言を知子がしっかり〈受け取る〉ことができたのを確かめて、山岡は「一緒に韓国に行こう」と提案します。二人で一緒に韓国の遺族にキム少尉の思い出を〈差し出す〉ことで、ようやく二人で前向きに、「未来」に向かって人生を生き直すことができるのではないか。キム少尉から〈受け取った〉ものを、遺族へ〈差し出す〉という中継者の務めを果たす覚悟を、山岡は次の台詞のなかで「忘れる」という言葉に込めています。

「儂《わし》らが今の話を黙っとったらキム少尉はどこにも居らんかったことになる……あの言

葉も想いも。なんの形もない言葉だ。しかし、それを御遺族に伝えてやりたいんじゃ。そうするとキム少尉の生涯はこの世に形となって厳然と残ろうが。そしてそれで全部忘れてくれや」「忘れる?」「あぁ全部、キム少尉を韓国において帰って来てくれや。儂の腎臓もらって欲しいんじゃ。もう一度、夫婦で海に出たいんじゃ。お前を抱きたいんじゃ。一緒に韓国に行って貰いたい。頼む」[*21]

ここで、『月光の夏』の風間や『ホタル』の山岡が〈差し出す〉ものとはいったい何だったのか、あらためて確認しておきましょう。

風間は特攻隊員が弾いた「月光」を自ら演奏し、山岡はキム少尉から託された遺言を伝えました。〈差し出す〉のは死んだ仲間の最期の想いと姿です。自分自身の体験の記憶でも、他者に理解を求める言葉でもありません。「語れば語るだけ英霊の真実を歪めるのだ。誰一人、他人の死など解る筈がないのだ」(前出)という山岡や風間の諦念は、たしかに非常に根深いものがあります。

＊20　同書、一八七頁。傍点引用者。
＊21　同書、一九三頁。傍点引用者。

しかしその一方で、風間と山岡は、特攻で死んだ仲間と向き合う＝〈受け取る〉ことを自分がずっと避けてきたことにも、気づかされます。あるいは〈受け取った〉つもりで誰にも語ることなく、自分一人の胸のなかに宙吊り状態で仕舞いこんできた。しかし、このままでは「なかった」ことになってしまう――ということに思い至ります。死んだ仲間のことを本当に想うなら、自分には中継者として、後の世代や遺族に〈差し出す〉責任がある。

私たちは当初、特攻体験者は〈差し出す者〉である、つまり継承のコミュニケーションの起点は特攻体験者である、と想定していました。ところがこの二作品はそうではない。まずは死者に向き合う＝〈受け取る〉ことが起点になっていました。そして自らが〈受け取る〉ことを引き受けたときに、はじめて他者に〈差し出す〉ことができた。〈受け取った者〉だけが〈差し出す者〉になれる、といってもよいでしょう。

『月光の夏』と『ホタル』の特攻体験者は、いずれも陸軍知覧基地から出撃したという設定で、戦後四〇数年を経た物語の「現在」において知覧特攻平和会館[*22]に訪れる場面が効果的に挿入されます。そこに展示された無数の遺影と遺書を通して、特攻隊員たちが、超人でも狂人でもなく、ごくふつうの、健康な若者たちであったという事実に圧倒されます。

それにより、作中の人物だけでなく、読者自身も、己の向き合い方を試されていることに気づかされる。ただ、このころはまだ、何を〈受け取る〉かは読者に委ねられていました。

3節　生かされた意味から遺志の強度へ――戦後六〇年の転換

†自分が生き残った意味に気づく――『小説　男たちの大和』

横山秀夫『出口のない海』(二〇〇四)、辺見じゅん『小説　男たちの大和』(二〇〇五)、百田尚樹『永遠の0』(二〇〇六)は戦後六〇年のタイミングで立て続けに刊行されました。作中の特攻体験者は六〇歳代から八〇歳前後へと高齢化していますが、変化したのは年齢だけではありません。『月光の夏』『ホタル』では特攻体験者が死んだ仲間と向き合う＝〈受け取る〉までの葛藤のプロセスが丁寧に描かれ、〈差し出す〉ものもピアノ演奏や遺言伝達など具体的な行動だったのに対して、これら三作品では特攻体験者は歴史の目撃証人として現れ、死者をめぐる物語の語り手《ナレーター》の役割がより強くなります。

そのなかで、死んだ仲間と向き合うことへの葛藤が最も劇的に描かれているのは『小説　男たちの大和』です。鹿児島県枕崎の漁師・神尾克己は、戦艦大和の生き残りですが、毎年

＊22　一九八五年開館。福間良明・山口誠編『「知覧」の誕生』柏書房、二〇一五年も参照のこと。

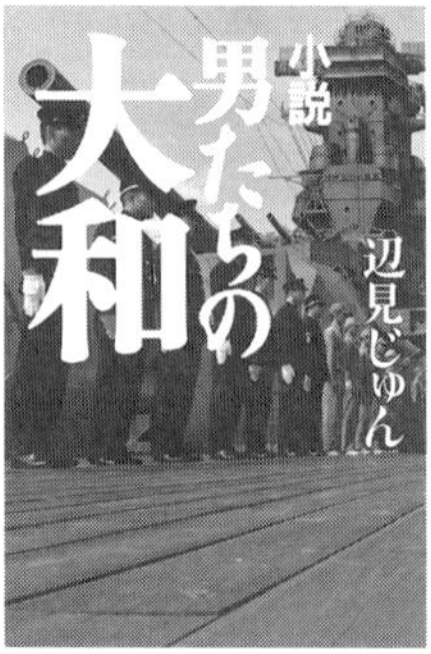

辺見じゅん『小説 男たちの大和』(ハルキ文庫、2006年)

佐藤純彌監督《男たちの大和 YAMATO》DVD(東映、2006年)

四月に開催される慰霊祭には一度も出席したことがありません。なぜか。

「生き恥をさらしているようなわしが、どうして遺族の方々に会えるじゃろう。わしの願いは、せめて大和に一番近い枕崎で、静かに、だれにも知られんように終わりたいということだけじゃ[*23]」

しかし、大和沈没で生き別れた戦友・内田貢二等兵曹の養女・真貴子から、六〇年前に大和が沈没した地点まで連れて行ってほしいと頼まれます。養父の遺言にしたがって沈没した四月七日に散骨したいとのことですが、往復で一五時間はかかります。それでも「父の魂を鎮めるには、あの場所に帰してあげなければ……」と涙を流して思いつめる真貴子に、神尾の心は動かされ、荒れた海に向かって船を出します。神尾は一四歳で海軍特別年少兵に志願し、大和沈没時には一六歳だったから、六〇年後は七六歳になっています[*24]。神尾にとって、死んだ仲間と向き合うことを困難にしている最大の理由は、やはり生き残り者の負い目です。大和沈没の直前、内田兵曹とその親友の森脇庄八主計兵曹は力ずくで自分（神尾）を生きさせようとしてくれ、九死に一生を得ました。にもかかわらず、生かされた意味を見出すことができず、六〇年の間「生き恥」「死に損ない」の意識が拭えなかったのです。

その一方で、真貴子の語る養父・内田貢の戦後の生き方は、神尾とは対照的です。瀕死の状態から生き返った内田は「死んだ仲間の分まで生きるのが自分の務めだ」と思い定め、「死に損ないの卑怯者と言われてもいい。おれは生きてやる！　おれが死んだら森脇や唐木の願いも、神尾や西たちの純粋な思いも、なかったことになってしまう」と独力で戦災孤児や身寄りのない子供を一一人も引き取って「戦争で死んでいった人たちの身代わりに」面倒をみ

---

*23『小説　男たちの大和』文庫版、三五頁。文庫版解説は児玉清。「突如、突き上げてきた心の高まりと嗚咽《おえつ》を押さえるために僕は何度も本から目を離し深呼吸をした」（二五一頁）。

*24　映画で神尾を演じた俳優・仲代達矢は一九三二年生まれ、映画製作時には七二、三歳である。

てきたというのです。

そして大和沈没の地点にたどり着いたとき、神尾は、ようやく自分が生き残った＝生かされた意味を悟ります。


自分は生きて再びこの地点に戻ってきた。ここに生きるよすがを置き忘れて、自分は帰還してしまった。それを取り戻すために今、再び帰ってきたのだ、と神尾は気づいた。

「……おれは……おれは、六十年、無駄に生きてしまった。内田さん、あなたの娘さんが、それに気づかせてくれました……内田さん、森脇さん、あなたたちがおれに求めたのは……あの日あの時の地獄と、死んでいった者たちの思いとを……この世に生きて語り継ぐことだったのですね……やっと生き残った意味がわかりました」[*25]

『小説　男たちの大和』も、『月光の夏』『ホタル』と同じく、死んだ仲間に向き合えずに世間にも背を向けていた特攻体験者が、他者によって突き動かされ、〈受け取る〉＝〈差し出す〉にいたる物語になっています。

神尾が持病の狭心症をおして荒れた海を進みながら当時を回顧する道行きは、死んだ仲間と向き合う＝〈受け取る〉ことの困難さと重ねあわされます。そして六〇年のときを経て「生きて再びこの地点に戻ってきた」。それはようやく死者に向き合う＝〈受け取る〉ことができたと同時に、〈差し出す〉使命を自覚する回心（conversion）の瞬間です。

その意味では、この作品は『月光の夏』『ホタル』のモチーフを、より劇的にわかりやすく演出したものといえるでしょう。

その一方で、『小説　男たちの大和』は、『月光の夏』『ホタル』と比べて自分が生き残った意味、および特攻で死ぬことの積極的な意味について、多くの言葉を費やして説明するようになっています。[*26] さらに、沈没地点に向かう途中、心臓発作で倒れた神尾を、真貴子が口移しで薬を飲ませ懸命に人口呼吸を施して生き返らせる場面がわざわざ挿入されます。これは神尾が「たまたま生き残った」のではなく、他なる力によって「生かされた」ことの再演にほかなりません。

このような、生かされた意味にこだわる傾向は、『小説　男たちの大和』に前後して刊行された『出口のない海』『永遠の0』においても確認できます。

＊25　同書、文庫版、二三五頁。傍点引用者。

＊26　生き残り者の負い目を抱える特攻体験者が「死んだ仲間にようやく向き合うこと」と「自分が生き残った意味を悟ること」を同時に成就させる——という傾向は映画《俺は、君のためにこそ死ににいく》（二〇〇七）でも確認できる。

†残された者の心に生き続ける――『出口のない海』

横山秀夫『出口のない海』（二〇〇四）の主人公・並木浩二は、学徒出陣で海軍予備学生に志願し人間魚雷回天の搭乗員となります。

物語の「現在」は並木の生きた時間ですが、本人は終戦直前に訓練中の事故で殉職しています。そこで戦後六〇年近く経過したもうひとつの「現在」が物語の冒頭と結末に挿入され、八〇歳を過ぎた大学時代の友人・剛原力と北勝也が回顧する、というかたちをとっています。ただし、厳密には、この二人の回顧をつなぎあわせても、並木の人生のごくわずかな部分しか再構成できません。

北は並木と同じ回天搭乗員であり（海軍予備学生では並木より一期先輩の中尉で回天隊の隊長）、並木の人生においては最後までライバル的な存在であり続けたのですが、回顧する特攻体験者としては、物語の進行においては積極的な役割を果たしていません。当然、生き残り者の負い目の描かれ方も淡白です。それどころか、並木の恋人だった女性の孫娘にせがまれて「お婆ちゃんの初恋の人のこと」を剛原と語り始めてしまう、といった具合で、継承をめぐる葛藤を読みとることはできません。

その一方で、物語は並木の視点を中心に展開するので、特攻で死ぬ意味や残された者へのメッセージを、並木自身の言動で表現するシーンが前景化します。すなわち、遭難した回天の艇内で三つの遺品（遺書）として――つまり自らの命と引き換えに――〈差し出され〉、それぞれの名宛人が正確に〈受け取る〉ところまでが後日談として描かれます。

一つめは同じ回天隊で生死をともにした沖田寛之兵曹宛のもので、七生報国の鉢巻の裏に書かれていました。二人は生前に特攻で死ぬ意味を語りあい、そこで並木は日本の負けを確信しつつも「回天を伝えるために死のうと思う」と沖田にだけ告白します。鉢巻の裏には回天に閉じ込められた自分の気持ちが努めて冷静に一文字も乱れることなく綴られていました。沖田はその遺志を継いで、回天隊の真実を記録し後世に伝えるために原稿用紙に向かうのです。

二つめは恋人の鳴海美奈子宛のもので彼女が笑う写真の裏に書かれていました。そこには自分の代わりに美しい季節の景色を見てほしい、そして一年が過ぎたら、自分のことは忘れ

横山秀夫『出口のない海』
（講談社、2004年）

佐々部清監督《出口のない海》
DVD（ポニーキャニオン、
2007年）

て幸せになってほしいと願う文章が綴られていました。物語の結末で、美奈子が「随分と晩《おそ》くに結婚」したことが明かされます。しかも相手は「理解のある人」で「並木のことまで受け入れてくれた」というだけでなく、結末に登場する美奈子の孫娘もまた「お婆ちゃんの初恋の人」である並木の存在を好ましく受けとめています。

三つめは大学時代の野球部のメンバー宛のものでボールに「魔球完成」と書かれていました。並木が現役の頃から熱心に探究していた魔球の夢を最期まで諦めなかったことを知ったメンバーたちは、敗戦の茫然自失状態から「また野球をやろう」と立ち直っていきます。

物語の冒頭と結末に登場して回顧する剛原と北もまた、並木の存在を身近に感じながら、それを張り合いに戦後六〇年を生きてきたことが示唆されています。沖田も美奈子も野球部の仲間たちも、おそらく並木の死に向き合う＝〈受け取る〉までに宙吊りや葛藤を経験したはずですが、物語ではそうした事情には立ち入りません。それにより、並木は死んだ後もみんなの心の中で生き続けている――という前向きで爽やかな読後感が残ります。

要するに、これは〈差し出す者〉と〈受け取る者〉の継承のコミュニケーションが見事に成就《じょうじゅ》した物語となっているのです。『小説　男たちの大和』が、死者の〈差し出した〉ものを〈受け取る〉までに六〇年もかかった、その時間の重さを強調したのとはだいぶ趣を異にしています。

†命のタスキを受け渡す――『永遠の0』

そしていよいよ百田尚樹『永遠の0』（二〇〇六）です。二六歳の司法試験浪人生・佐伯健太郎（「ぼく」）は、姉の慶子とともに、亡くなった祖母・松乃の最初の夫（姉弟の母親にとって実の父）である宮部久蔵がどんな人物だったのかを調べ始めます。

最初はこの実の祖父について「特攻隊で死んだと聞いている」程度しか知りません。けれども、海軍の戦闘機搭乗員となり日中戦争から真珠湾攻撃を経て太平洋戦争末期にいたる八年の軍歴のなかで接点のあった九人の関係者たちの証言に耳を傾けるうちに、次第に、宮部久蔵の人物像がはっきりしてきます。それは、抜群の技量と判断力から一目置かれる軍人であると同時に、妻子を大切に思う家庭人でもあった――臆病者と言われても「生きて帰る」

百田尚樹『永遠の0』愛蔵版（太田出版、2013年）

山崎貴監督《永遠の0》豪華版DVD（アミューズソフトエンタテインメント、2014年

という妻との約束を最期まで守ろうとした——ということです。

九人の証言者にとって、戦争の記憶はできれば語りたくない。しかし他ならぬ宮部久蔵の実の孫が〈受け取る者〉として訪ねてきたことによって、記憶の底に沈んでいた宮部の姿や言葉が鮮やかに蘇ってきて〈差し出す者〉になるのです。そして最後に登場する一〇人目の証言者が、姉弟の現在の祖父（祖母の再婚相手）・大石賢一郎であり、彼こそは宮部久蔵とともに出撃して生き残った学徒出身の特攻隊員だったのです。その事実を突き止めた孫たちを前に、大石も覚悟を決めて宮部との関係を語りはじめます。なぜ宮部が死んで自分が生き残ったのか。なぜ自分は宮部の妻だった松乃と出会い、結婚するに至ったのか……。

宮部少尉が〈差し出し〉大石少尉が〈受け取った〉ものとは、自らの命と引き換えに妻子の幸せを託す遺志＝使命という意味で、まさに命のタスキでした。

戦後の大石は〈受け取った〉遺志に忠実であろうとします。[*27] 特攻で死んだ仲間の婚約者や妻と結ばれる、という設定は『ホタル』と同じです。しかし『ホタル』の山岡夫妻がキム少尉に対して後ろめたさを抱き、その遺言になかなか向き合えなかったのに対して、『永遠の0』の大石夫妻は宮部久蔵の遺志に導かれて、出会い、愛情を育み、新たな家庭を築いていきます。

ここでも『出口のない海』と同じかそれ以上に、〈差し出す〉死者と〈受け取る〉生者の継承のコミュニケーションが見事に成就しています。すなわち、大石にとって自分が生かされた意味は最初から明らかであり、九人の証言者たちは宮部の孫（「ぼく」）が求めるままに詳細に回顧してみせ、さらには「ぼく」はこの聞き取りの過程で宮部の〈差し出した〉ものを「ぼく」なりに〈受け取り〉、次のような内面の変化を経験していたからです。

> 長い間ほこりをかぶっていた法律の本を読むようになっていたのだ。司法試験にもう一度挑戦してみようという気になっていた。かつて人々のために尽くしたいと弁護士を志した気持ちを取り戻したのだ。ずっと、そんな青くさい動機と夢を思い出すのも恥ずかしい気持ちになっていたのに、今は心からそう思えるのが自分でも不思議だった。*28

『永遠の0』が多くの読者に支持されたのは、決して特攻を美化しているからではない（そもそも特攻作戦を肯定していない）。特攻の悲劇をことさらに強調しているからでもない（軍事合理

＊27　大石以外にも宮部の妻子を守る行動に出たものもいた。死者の〈差し出した〉ものを〈受け取った〉証拠に、宮部の生まれ変わりのように身体を張って行動したのである。

＊28　『永遠の0』文庫版、五〇四頁。傍点引用者。宮部久蔵が特攻で戦死したのはいまの「ぼく」と同じ二六歳のとき、という符合も、「ぼく」の回心を効果的にしている。

性に基づく批判はある)。

それは、美化でも悲劇でもなく、〈差し出す者〉から〈受け取る者〉への遺志の継承が成就する物語だからではないでしょうか。自らの命と引き換えに〈差し出した〉もの――妻子を守りたいという遺志――を、六〇年の時を超えて、当人を直接知らない非体験世代が〈受け取る〉。そして〈受け取った〉孫のなかで人生と生活に前向きな力が漲《みなぎ》り、「人々のために尽くしたい」という気持ちが高揚してくる。こうした奇跡のような継承のコミュニケーションを、あたかも必然のように読ませる力が、この物語にはあるのです。

そして、この物語を通じて、自らのうちに「ぼく」が感じたのと同じような前向きな力が漲るのを感じた読者も少なくなかったにちがいありません。生き残りの負い目や死者に向き合うことへの葛藤といったネガティブな感情を削《そ》ぎ落とし、遺志の受け渡しに照準することでポジティブな強度を獲得する。その機微が巧みに計算されたエンターテインメント作品という意味でも、『永遠の0』は創作特攻文学のひとつの到達点を示しています。

4節　特攻体験者がいなくなるとき――短絡される継承の回路

†物語の焦点の移動

非体験者による創作特攻文学のなかで、とくに特攻体験者が〈差し出す〉と〈受け取る〉の媒介者となる五つの作品を分析してきました。ここまでの議論をふまえて、ポスト体験時代において特攻体験の継承はどうなっていくのかを考察してみます。

特攻体験者が回顧・証言する五作品における継承パターンを**図表3**にまとめました。

まず登場人物を戦死者、生き残り（体験者）、第三者（非体験者）の三つに分類して、それに継承のコミュニケーションの二つの契機〈差し出す〉／〈受け取る〉を組み合わせます。そのうえで、物語の焦点となる契機に●、それに準ずる契機に○を付します。とくに他者に主体的に働きかけて物語を動かす契機には矢印（↓）を付します。

『月光の夏』では、元小学校教諭の吉岡の証言がきっかけとなり作家の三池とともに「ピアノを弾いた特攻隊員」を探し始めます。つまり第三者の働きかけにより、生き残りが証言に応じますが、そのためには負い目や葛藤を乗り越える必要がありました。

『ホタル』では生き残りが死んだ仲間に向き合い、託された遺言を伝えるために行動し、第

図表3　特攻体験者が媒介する継承パターンの変化

作品名（刊行年）	過去		現在		過去と現在の距離
	戦死者	生き残り（体験者）		第三者（非体験者）	
	〈差し出す〉	〈受け取る〉	〈差し出す〉	〈受け取る〉	
月光の夏 (1993)		○	●	←●	～戦後 50 年（60 歳代）
ホタル (2001)	○	●→	●	○	
小説　男たちの大和 (2005)	●	←●	○	○	戦後 60 年（80 歳前後）
出口のない海 (2004)	●→	●	○		
永遠の０　(2006)	●→	●	●	←●	

（短絡される継承）	●→	・・・		←●	戦後 70 年～（90 歳代）

三者もそれに応じます。『小説　男たちの大和』と『出口のない海』は〈差し出す〉戦死者と〈受け取る〉生き残りのあいだの関係を描き、『永遠の0』はそれに加えて、〈受け取る〉ために行動する第三者とそれに応じて〈差し出す〉生き残りの関係も描いています（したがって『永遠の0』はすべての契機に●が付く）。

　ここからわかるのは、物語の焦点が、生き残り者の負い目から、生かされた意味（自分に託された使命）への気づきを経て、遺志の継承（〈差し出す〉と〈受け取る〉のコミュニケーションの成就）へと移動してきたことです。それにともない特攻体験者の役割が、生き残って葛藤する主体から、死んだ仲間を回顧する物語の語り手へと変容してきました。

この変化の含意は二つあります。

第一に、創作特攻文学のなかで、特攻体験者は高齢化するとともに継承の媒介者としての役割を果たしえなくなってきた。

第二に、それゆえ創作特攻文学は、特攻体験者を経由しない、つまり短絡された継承の物語に移行していくだろう。

後者の「短絡される継承の回路」ということについては次項で述べることにして、前者の「特攻体験者の退場」を象徴する二つの作品を挙げておきます。

特攻体験者が主体的に回顧したおそらく最後の作品は、阿井文瓶《あいぶんぺい》『伏龍―海底の少年特攻兵』（二〇一〇）です。少年特攻兵として伏龍部隊にいた榛葉《しんば》重吉が、会社経営者となった晩年に自伝を書くためにゴーストライターを雇いますが、戦時中の数年間のことは直接話すことができず、榛葉自ら録音した音声データと当時の日記をもとに、ライターが再構成したという設定です。したがって、特攻体験者・榛葉は、物語の語り手として自らの声や表情をさらすことはなく、もっぱらライターへの素材提供者としての役割に徹しています。自伝の企画は中絶するものの、再構成された特攻体験については「あれをいつか、どんな形でもいい、材料にしてくれたら嬉しい」と言い残して三カ月後に死去しました。一九二九年生まれなので、享年は八〇歳ぐらいと思われます。

戦後七〇年（二〇一五年）になると、特攻体験者は作品に登場したとしても、辛うじて生きながらえている状態で、もはや主体的な語り手となることは困難です。

鴻上尚史『青空に飛ぶ』（二〇一七）に登場する特攻体験者は実在の人物（佐々木友次《ささきともじ》元陸軍伍長）であり、「現在」は北海道の病院に入院中で、訪ねてきた主人公の中学生の質問に答えるのがやっとの状態です。佐々木の「過去」の詳細は、主人公が古書店で入手した高木俊朗『陸軍特別攻撃隊』全二巻（文藝春秋、一九七四～七五年）を読み進めながら再構成されます。実在の佐々木友次は二〇一六年に九二歳で死去しました。

神家正成《かみやまさなり》『赤い白球』（二〇一九）も「現在」の特攻体験者は物語の最後に老人ホームで生きていたことが明かされ肉親と涙の再会を果たすにとどまり、やはり主体的な語り手ではありません。「過去」の物語はそれとは独立に展開します。

†短絡される継承の回路

これ以降の創作特攻文学において、特攻体験者を「現在」に生きる存在として描くことは事実上不可能となります。だからといって、それは創作特攻文学というジャンルの終わりを意味しません。むしろ本当の意味でのポスト体験時代に突入することになる。すなわち、特攻体験者（生き残り）を媒介せずに、戦死者が〈差し出す〉ものを、直接、後世の非体験者が

〈受け取る〉ようになるのです。つまり継承の回路が短絡される。

「過去」と「現在」はいまや七五年以上も離れています。

その時間的距離を飛び越える方法として採用されるのが、ＳＦ的な時間移動です。これに該当するのは、**図表2**の「時間移動」の欄に●を付した六作品です。

典型的には、現在から過去へ、または過去から現在へ人間が瞬時に移動するタイムスリップですが、草部《くさかべ》文子《ふみこ》の戯曲『流れる雲よ』（二〇〇六）のように、人間は移動せず、過去と現在のあいだで双方向コミュニケーションが成り立つ異時間通信も含まれます。

2節でも取り上げた倉本聰の戯曲『歸國』（二〇一〇）が時間移動に準ずる扱い（○）なのは、時間的距離を飛び越えていても、「過去」からやってきた英霊は「現在」生きている人間とはコミュニケーションをとれないからです（その存在は読者にのみ認知される）。それに対して●を付した六作品はいずれも、特攻隊員と後世の非体験者が、時を超えて直接つながる仕掛けが施されています。

「時間移動もの」の作品群を対象とした詳細な分析は第3章に譲るとして、もしも創作特攻文学の中心軸が、戦後六〇年を境に「生き残りもの」から――ジャンル

鴻上尚史『青空に飛ぶ』
（講談社、2017年）

の終わりではなく――「時間移動もの」へと転換してきたのだとすれば、これは注目に値する兆候ではないでしょうか。なぜか。

戦争の記憶は、体験者の退場によって風化する、というのがポスト体験時代の一般的な特徴だったはずです。特攻の場合、それとは逆に、体験者（生き残り）の退場によって直接的に後世につながるのですから。

前者の場合、記憶の風化を防ぐために、継承の方法がさまざまに工夫されてきました。それに対して後者の課題は、遺志への感染されやすさです。体験者の退場によって、生き残り者がずっと抱え続けた負い目や葛藤などの複雑な感情も削ぎ落されて、研ぎ澄まされた死者のメッセージのみが遺されるからです。

ならば「危険な力を言葉で包摂する」方法こそが模索されねばなりません。創作特攻文学は、その〈妖しい力〉を研ぎ澄まし、増幅させ、かつ暴発させないよう飼いならし、生きたまま封じ込めておく場所なのです。このジャンルは今後も作品を生み出し、継承のメディアとして存在感を増していくでしょう。だからこそ、それに先回りして、包摂する言葉を準備しておく必要があるのです。

第3章　感動のメディアとしての特攻文学

1節　「設計された感動」の定石を探る方法

†悪魔の創作課題

次のような創作課題を考えてみましょう。

「人を感動させる特攻の物語をつくりなさい」

人はなぜ特攻の物語に感動するのか。特攻の物語はどのように人を感動させるのか。

小説『永遠の0』や映画《男たちの大和 YAMATO》《俺は、君のためにこそ死ににいく》などの作品を思い浮かべて「要するに、ああいう物語のこと?」と顔をしかめた人もいるに違いありません。そういう人にとって、特攻の物語は敬遠するか批判的に読むもので、間違っても感動したりはしない。けれども、この創作課題は、そういう人にこそ考えてもらいたいと思うのです。本章は、そういう人のなかでも、とくに教育学を学んだり、教育現場で子供や若者を教えたりしている人たちが読むことを想定して書かれています。なぜか。

　教育学にはさまざまな警戒対象がありますが、なかでも国家には最大級の注意を払ってきました。日本の教育学は、国家による戦争動員に加担してきたという原罪を負っているからです。「教え子を戦場に送ってしまった」ことによる集団的トラウマを核として、戦後の教育学は形成されてきました。

　このトラウマは戦後の人文社会系学問が多かれ少なかれ共有してきたものですが、教育学ではそれがとくに根強い。だからこそ、国家権力による不当な支配から国民の教育を守ることを己の使命として引き受け、歴史的な役割を果たしてきました。その一方で、それが最優先されるあまりに視野を狭めたり柔軟さを欠いたりするとして、戦後教育学に対する批判的潮流も生みだしてきました。

　とはいえ、ここで戦後教育学批判をやりたいわけではありません。

　本章でやろうとしているのは、「国家による戦争動員への加担」というトラウマを解除し、それを制御できるようになるためのワークです。

第1章で、メディア史家の佐藤卓己の言葉を紹介しました。ナチズム研究のあり方について「ヒトラー民主主義を回避するためにはヒトラーの悪魔化よりも人間化こそが有効」であり、「自らがファシストになる可能性に目を閉ざさないファシズム研究」が必要であると述べていました。

本章の文脈に置き換えると、こうなります。

すなわち、外在的な基準の高みから対象を断罪する（悪魔化）のではなく、その内在的な論理を私たち自身の問題として発見すること（人間化）。戦争動員への加担を回避するために必要なのは、遠く離れたところに軍靴の足音を聴きつける悪魔化よりも、自分自身のなかに動員する側にも動員される側にもなりうる可能性を見出す人間化であり、動員のメカニズムを自家薬籠中のものにしてしまうことです。

これは動員を正当化するものではありません。動員を正当化する論理や物語に精通することは、動員を正当化することと紙一重の綱渡りにもみえます。けれども、トラウマを解除し、制御するためには、必要な綱渡りだと私は考えます。

悪魔の顔をした強制の論理ならまだわかりやすい。ところが悪魔の顔で迫っても人は何かに命を捧げたりしないし、人は自分で納得しないと動きません。私たちが本当の意味で試されるのは、ここです。

特攻で感動?……ときいておぞましく感じた人は、納得して特攻?……とよけいに訳が分からなくなり、そんな物語が人間の顔をしているわけがないと思うでしょうか。しかし本当に人を動かす納得の論理は、人間の顔をしていなければならない。それが命を捧げるという究極の行為であるなら、なおさらです。

ならば、人間の顔をした納得の論理を使いこなすのは、はたして悪魔か人間か。決定不可能な境地から一歩踏み込んで、心を「鬼」にして冒頭の創作課題について考えていきましょう。

†過去と現代の価値観を同時に射貫く

この創作課題は、特攻に関する最低限の知識さえあれば取り組むことができます。けれども、たとえ歴史の知識が豊富でも、人を感動させる物語を作るのに有利になるわけではありません。豊富な知識がかえって邪魔をする場合もあるでしょう。

とはいえ、創作の才に乏しい私たちは、偶然のひらめきを待つのではなく、方法論を意識しながら課題を理詰めで攻略していく必要があります。

特攻の物語で人を感動させるという課題は、少しでも自分で試行錯誤しながら考えてみれば、一筋縄ではいかないことがわかるでしょう。特攻というのは過去の価値を体現するものですが、他方で、感動させる相手は現代の価値観の持ち主だからです。過去と現代のあいだの距離はあまりにも大きい。この難しさは、しかし同時に、考察を前に進める手がかりを与えてくれます。

現代の価値観とは、戦争を否定し平和を何より重んずる思想です。国家の大義より個人の幸福が大事なのは当たり前。国家や天皇のために命を捧げるなんて信じられない。

これはかなり手ごわい相手といわねばなりません。現代の価値観の持ち主は、「君主のため」「家のため」「国のため」という大文字の価値のために命を捧げたりしないし、多様性に寛容な民主主義社会においては、悪魔の顔で強制することはできないからです。けれども、この創作課題が想定する読者のボリュームゾーンはここなのです。

特攻といえば「国家や天皇との一体化」や「英雄的な自己犠牲」が連想されやすいのですが、これらは現代の価値観にそぐわない。国家や戦争や特攻をいくら賛美しても、それで人は感動しない。むしろ引きます。もちろん、戦争や軍隊を扱う以上、軍国主義思想の持ち主や台詞は当たり前のように出てきますが、多くの人にとってそれは反感や嫌悪の対象です。当然です。感動させるべき相手は、特攻を否定する反戦平和思想の持ち主です。彼らのなかに、そうしたネガティブな感情を上回るだけのポジティブな感動を呼び起こさなければならない。

また、いくら若者が大勢死んでも、それで人は感動しない。前途有為な若者が特攻で死ねば、まだ若いのに可哀そうとか戦争は残酷だとか心を痛めるでしょうが、それは感動ではありません。逆にいえば、老人が死んでも長生きをしても感動できる物語は可能なはずです。誰かが死ぬから感動するわけではない。

そこで次のような作業仮説を立ててみます。

感動は人びとの自然な感情や大切にしている価値の延長上にある。だから、特攻の物語で人を感動させるには、過去と現代の価値観を同時に射貫かなければならない、と。もちろんこれだけでは、具体的な物語の姿はなにも見えてきませんが、今後の作業を進めていくうえで脇道に迷い込まないためのガイドラインになるでしょう。

✝非体験者による創作特攻文学

以下では、特攻の物語の創作事例を分析して「人を感動させる方法論」のパターンを探っていきます。

特攻を主題とする文学作品（特攻文学）はこれまで数多く発表されてきたので、基礎データはじゅうぶんにあります。

ただし、対象を吉田満『戦艦大和ノ最期』（一九五二）や阿川弘之『雲の墓標』（一九五六）、島尾敏雄『出発は遂に訪れず』（一九六四）のような体験者による古典的な戦争文学にまで広げるのは得策ではありません。いくら心を揺さぶられる作品でも、それはリアルな戦争体験をもつ人にしか書けない迫真の描写が、結果として「意図せざる感動」をもたらしているのかもしれないからです。それでは現代の創作の参考にはなりません。

私たちに必要なのは、「設計された感動」の具体的な事例です。

そこで、第2章と同じように、対象を「非体験者による創作特攻文学」に限定します。すなわち、①特攻を主題とする、②作者が非体験者、③創作（フィクション）、という三条件を満たす作品です。これまでに、毛利恒之『月光の夏』（一九九三）から神家正成『赤い白球』（二〇一九）までの二七年間に刊行された二一点を集めることができました。

たとえば『永遠の0』作者の百田尚樹は一九五六年生まれで、吉田満（一九二三年生）や阿川弘之（一九二〇年生）ら戦中世代のちょうど子供の世代にあたります。自分自身には戦争体験がないから、資料と取材によって必要な知識を仕込んだうえで、物語世界を構築する。だから体験者による記録文学とは、作品制作の方法論がまったく異なります。太平洋戦争末期の時代背景や戦中戦後の特攻隊員を取り巻く状況といった実際の歴史を物語の制約条件としつつ、その枠のなかで、作者は登場人物を配置し、組み合わせ、動かす。「設計された感動」はこの特攻シバリの自由創作のなかにこそ宿るのです。

特攻という「設定」は、人間を極限状況に置くことでドラマを生み出します。だから映画や舞台とも相性がいい。体験者による記録文学よりも、非体験者による創作娯楽作品のほうが数多くつくられてきたし、幅広い読者に読み継がれています。

特攻文学のジャンルとしてのポテンシャルを侮《あなど》ってはいけません。『永遠の0』が累計数百万部を売り上げるベストセラーであるのも、『あの花が咲く丘で、君とまた出会えたら。』がライトノベルに親しむ中高生に支持されるのも、戦後七五年にもかかわらず、ではなく、戦後七五年を経たからこそと考えるべきで、作者も読者も非体験者という条件を前提に「設計された感動」が周到に用意されているからにほかなりません。

「設計された感動」は個別の作品を単体でみてもわかりにくいのですが、同一ジャンルを約三〇年にわたって定点観測することで、モチーフや仕掛けの反復として、定石の「方法論」が可視化されてくるはずです。過去と現代をつなぐための工夫と、その工夫が過去と現代の価値観を同時に射貫くものになっているかに注目します。

✝三つのお手本――過去と現代をつなぐ工夫

創作特攻文学は、一九九〇年代半ばの三つの作品から始まっています。すなわち、毛利恒之『月光の夏』（一九九三）、今井雅之《いまいまさゆき》『ウインズ・オブ・ゴッド―零のかなたへ』（一九九五）、長谷川康夫《はせがわやすお》『君を忘れない―FLY BOYS, FLY!』（一九九五）です。いずれも舞台や映画の脚本がもとになっているか、または舞台や映画の原作となった小説です。

毛利恒之『月光の夏』（汐文社、一九九三年）はラジオ・ドキュメンタリー（九〇年）をもとに執筆した小説を映画製作（神山征二郎監督・九三年五月公開）と同時進行で単行本化したものである。文庫版として『月光の夏』（講談社文庫、一九九五年）がある。

今井雅之『ウインズ・オブ・ゴッド—零のかなたへ』（角川書店、一九九五年）は舞台作品（八八年初演）をもとにした映画製作（タイトルは《WINDS OF GOD》鈴木達夫監督・九五年六月公開）と同時進行で単行本化したものである。著者の今井は舞台と映画で脚本・主演を担当している。舞台脚本（日本語／英語）として今井雅之著・奈良橋陽子英訳『ザ ウィンズ オブ ゴッド』（桐原書店、一九九二年）また文庫版として『THE WINDS OF GOD—零のかなたへ』（角川文庫、二〇〇一年）がある。題名がそれぞれ微妙に異なるが、単行本のもので表記する。また物語の細かな設定や筋も異なるが、基本的に単行本版を参照することとし、異同の検討は割愛する。

長谷川康夫『君を忘れない—FLY BOYS, FLY!』（角川書店、一九九五年）は、映画製作（渡邊孝好監督・九五年九月公開）と同時進行で単行本化したものである。取材にとりかかったのは九二年である。映画の脚本を担当した長谷川が、脚本化の過程で大幅に削った「原作」を復元して小説化した。

これらの作品(原作)が構想・準備されたのは一九九〇年前後です。長かった昭和が終わり、平成が始まるころ。特攻隊員の生き残りはまだ六〇歳代で、自身の辛い体験を積極的に語ろうとする人はほとんどいません。その一方で、戦争を知らない世代が台頭して、社会のなかの戦争の記憶は急速に薄れつつありました。特攻の歴史そのものが忘れられようとしている。そのような時期につくられたことは重要なポイントです。

創作特攻文学の始まりが舞台や映画とともにあったことは、その意味でも重要です。たんに昭和の終わりや戦後五〇年という大きな節目に合わせた商業的なメディア・ミックスというだけではありません。五〇年前の特攻の歴史を現代の若者に身近に感じてもらうために、それまでの戦争文学にはない、さまざまな工夫が凝らされることになります。それは過去と現代をつなぐ工夫です。

二〇二〇年の到達地点から振り返ると、創作特攻文学は、九〇年代半ばのこの三作品をお手本=範例(paradigm)として展開してきたことがわかります。逆にいえば、その後の特攻文学の系譜において繰り返されるパターンが、ここに出そろっている。このさきの二〇二〇年代の特攻文学の創作者にとっても、押さえておきたいセオリーです。

以下では三作品ついて、過去と現代をつなぐ工夫に着目しながら分析します。問題は、その工夫が過去と現代の価値観を同時に射貫くものになっているかどうか、です。

†生き残りの記憶の解凍、過去と現代との和解

毛利恒之『月光の夏』は、第2章でも取り上げましたが、戦後四五年が経過してから、当時代用教員として応接した元教諭が「ピアノを弾いた特攻隊員」の消息を調べていく物語です。特攻とピアノという意外な取り合わせや、重要な鍵を握るはずの元隊員が証言を拒む理由など、謎解きを軸に物語を読ませながら、次第に、死んだ特攻隊員のピアノへの想い、生き残った者が死んだ仲間に抱く負い目、戦後社会からの疎外感……などが明らかになっていきます。そして最後、生き残りが小学校で大勢の市民が見守るなかでピアノを「再演」し、人びとが涙を流す。

この感動は、死者と生き残りと戦後社会という三者のあいだで——過去と現代をつないで——和解が成就したことによるカタルシスです。

『月光の夏』の主人公はいったい誰だったのか。物語の進行役という意味では、元小学校教諭です。過去に特攻隊員のピアノ演奏の場に居合わせ、そのエピソードを現代に公表し、当時の関係者を訪ね歩いたからです。

しかし本当の意味での主人公は、物語の終盤まで沈黙を守った特攻隊の生き残りです。彼がどんな想いで特攻隊員となり、一緒に出撃した仲間が死んで自分だけが生き残り、上官か

ら侮辱され、戦後社会に背を向けて生きてきたか。そのことを、歴史を知らない若い読者に伝えるために、そして忘れたふりをしてきた戦後社会に想い起こさせるために、この物語は創作されたのです。

このように、負い目を抱えた生き残りが記憶を解凍しながら自らのトラウマに向き合い、過去と現代との和解にいたるモチーフは、特攻文学のお手本のひとつとなります。

同様のモチーフで、映画製作と同時進行で単行本化された小説に、竹山洋＋製作委員会編『ホタル』（二〇〇一）と辺見じゅん『小説　男たちの大和』（二〇〇五）があります。これらの作品における特攻隊の生き残り役の重要性は、映画版の配役からも明らかです。《月光の夏》と《男たちの大和 YAMATO》では仲代達矢、《ホタル》は高倉健が演じました。

ただし、トラウマを抱えた生き残りの物語は、戦後六〇年前後までが限界でした。『男たちの大和』と『ホタル』ではまだ現役の漁師として元気に漁船を操っていた生き残りも、実年齢が八〇歳を超えると、物語のなかで主体的な行為者を演じることが物理的に困難になる。横山秀夫『出口のない海』（二〇〇四）や百田尚樹『永遠の0』（二〇〇六）でも生き残りが登場しますが、その役割は死んだ仲間を回想する語り手であり、彼ら自身の負い目や葛藤は主題ではなくなります。

さらに戦後七〇年をすぎると、生き残りは語り手となることすら困難になります。鴻上尚史『青空に飛ぶ』（二〇一七）には実在の生き残り（佐々木友次元陸軍伍長）が登場しますが、物語では病院に入院中で訪ねてきた中学生の質問に短く答えるのが精一杯でした。実在の佐々木友次は二〇一六年に九二歳で死去しています。

2節　時間移動の仕掛け――『ウインズ・オブ・ゴッド』

†二つのタイムスリップ作品

特攻隊の生き残りの物語は、一九九〇年代にはまだリアルでした。若者にとって戦争体験者は「寡黙な祖父」として独特の存在感をもって生きていたからです。なぜ祖父は戦争のこ

今井雅之『ウインズ・オブ・ゴッド―零のかなたへ』（角川書店、1995年）

奈良橋陽子監督《WINDS OF GOD ウィンズ・オブ・ゴッド》DVD（ジーダス、2005年）

とを語ろうとしないのか。父母（祖父の子世代）にとっても理解しがたい謎でした。思えば小《こ》林《ばやし》よしのり『戦争論』（一九九八）も「寡黙な祖父」を代弁・擁護する書として孫世代に受け入れられたのでした。

それに対して、今井雅之『ウインズ・オブ・ゴッド―零のかなたへ』は「寡黙な祖父」を必要としない画期的なアイデアで、過去と現代をつなぎました。それが時間移動です。戦後六〇年（二〇〇五年）前後に生き残りの物語がピークを迎えて、このあとの特攻文学の主流は時間移動の物語にシフトしていきます。

時間移動というSF的発想自体は新しいものではありません。画期的だったのはその設定の活かし方です。同じ一九九五年に公開された映画《きけ、わだつみの声 Last Friends》（出目昌伸監督・早坂暁脚本・九五年六月公開）[*1]と比較してみるとよくわかります。

《きけ、わだつみの声》は大学ラグビーに打ち込む若者たちが学徒出陣で戦争に巻き込まれて死んでいく悲劇を描いた物語です。ひとつひとつのエピソードは戦争体験の寄せ集めで目新しさはありませんが、それらをまとめ上げる仕掛けとして時間移動（タイムスリップ）が使われています。

現代の明治神宮外苑競技場でラグビーの練習をしていた大学生が、気がつくと一九四三年一〇月の出陣学徒壮行会のただ中にいた。大学の仲間が次々と出征するなか、彼は徴兵忌避を貫いて、憲兵隊から逃げ回る。原爆が投下された広島で「終わったぞ……みんな帰ってこい！」と慟哭して、フィリピンや沖縄で戦死した仲間に呼びかける。そして現代のラグビー場で意識が戻った大学生は、帰ってきた英霊たちとラグビーをプレーする……。

時間移動なら「寡黙な祖父」に辛い体験を語らせなくても、過去と現代をつなぐことができますから、たしかに便利な装置です。

ただ、《きけ、わだつみの声》では過去と現代をつないでみた結果、両者の価値観が相いれないことが確認されただけでした。時間移動した先の世界でも本人の学籍や実家がある理由が示されず、そこでの経験は彼に何の変容ももたらさない。移動前からの考えが揺らいだり学んだりすることもなく、移動先の世界をただ拒絶するばかりなのです。これではただの「夢オチ」と変わりません。最後にロッカールームに引き上げてきて「泥まみれの軍靴が三足」あるのを見つけるのですが、かえって夢オチ感を強めるだけの演出に思えてしまいます。

今井雅之『ウインズ・オブ・ゴッド──零のかなたへ』も現代の若者が戦時中にタイムスリップする物語ですが、過去と現代のつなぎ方にドラマを生み出す工夫がみられます。時間移動の謎が物語のなかで解き明かされ、また移動先の世界での経験を通して主人公たちが感じ

＊1　早坂暁『夏少女・きけ、わだつみの声』春秋社、一九九六年に脚本が収録されている。

たり悩んだり変容していくのです。

売れない若手漫才師の兄貴（俺）と金太は、一九九一年*2八月一日に自転車に二人乗りしているときに大型トラックに衝突し、気がつくと一九四五年八月一日の鹿児島県の海軍鹿屋《かのや》航空隊にいた。特攻隊として沖縄に向けて出撃した直後に墜落事故を起こした岸田中尉と福元少尉の身体に乗り移ったらしい。部隊では記憶喪失として扱われるが、仲間の隊員たちと過ごしながら基地の生活に馴染んでいく。東京帝大で心理学専攻だったという学徒兵が時間移動の謎解きに協力してくれ、次のような輪廻転生仮説にたどり着く。つまり兄貴と金太は岸田と福元の生まれ変わりで、出撃できず死んだ未練を晴らすために時間移動で戻ってきたのではないかと。兄貴と金太も自分のなかに岸田と福元の「魂」が生きているのを次第に強く感じるようになるが、それでも現代に生きて戻りたい……。

今井雅之『THE WINDS OF GOD―零のかなたへ』（角川文庫、2001年）

†過去と現代の強制接続が可能にする実験的な空間

一九九五年の二つの時間移動もののうち、特攻文学の二つ目のお手本となったのは、『ウインズ・オブ・ゴッド』のほうでした。

現代の若者がタイムスリップで過去の特攻隊員の肉体に乗り移ったらどうなるか。時間移動はそのような「実験」を可能にしました。ここから、現代の価値観の持ち主でも命を捧げることに納得する条件――人間の顔をした納得の論理――がさまざまに試行錯誤されていきます。

兄貴は気が強いしっかり者で、金太は気が優しくて少し頼りない。そんな二人の性格の違いが後で効いてきます。兄貴は《きけ、わだつみの声》の主人公と同じく現代の価値観を手放すことなく、仲間の隊員たちに死ぬなと説得しようとします。腹を割った付き合いができるようになった仲間たちが次々と出撃していくのを複雑な気持ちで見送りながらも、自分は絶対に生きて現代に戻ってやると誓う。その一方で、金太は前世の福元少尉の幼い妹が自分の母（つまり自分は特攻隊員だった伯父の生まれ変わり）であることに気づき、ついに特攻隊員としての運命を引き受けるのです。

「僕の体で敵から母ちゃんを守るんだ。僕を産んでもらうためにも。バカな僕ができる最初で最後の親孝行だよ」[*3]

＊2　文庫版（二〇〇一）では二〇〇一年の設定。

＊3　今井雅之『ウインズ・オブ・ゴッド――零のかなたへ』角川書店、一九九五年、二三三頁。

兄貴は動揺しながらも必死に金太を止めようと説得を試みます。が、金太の意思は固い。兄貴も最後は次のように自ら納得して受け入れ、二人で一緒に出撃しようと決心する。

「よく考えてみると、俺達はあの時、トラックにひかれて死んでいたかもしれないんだ。それが、二週間も余分に生きることができたんだ……今、生きている俺達の運命は俺達のものではないんだ。俺達の前世の岸田、福元、両特攻隊員のものなんだ。だからいつまでも俺達のわがままを押し通すわけにはいかないだろ、この命は彼らのものだ。だから……彼らに返そう[*4]」

金太は福元少尉の妹が自分の母であることに運命を感じて、「母ちゃんを守る」使命感に目覚めました。それに対して、兄貴は自分の命は自分だけのものではないから前世の使命に従うという転生論の理屈で自分を納得させようとします。この「実験」が示す二つの解はどちらも論理的な飛躍を含んでいますが、二人の背中を押す決定打となったのは、金太の「最初で最後の親孝行」という泣かせる台詞です。

†身近な大事な人を守るため

この後の時間移動を使った特攻文学では、兄貴の転生論は採用されず、「身近な大事な人を守るため」という金太的な論理のほうが選ばれていきます。

自分が出撃するのは、国家や天皇のためではなくて、肉親や妻子など大事な人を守るため。実際の特攻隊員の遺書にもみられますが、現代の価値観にも通じる納得の論理です。石原慎太郎総指揮・脚本の特攻映画（〇七年五月公開）のタイトルが《俺は、君のためにこそ死ににいく》であるのも、そういうことです。

身近な大事な人を守るため――。

もうこれが人を感動させる方法論の「正解」でいいのではないか。そう期待する読者もいるかもしれません。しかし、ことはそう単純にはいきません。

じつは時間移動の世界でこの論理を適用するにはある工夫が必要になります。

というのも、現代の若者が過去にタイムスリップした場合、移動先の世界は知らない人たちばかりです。特攻隊の仲間と心を通わせることができたとしても、自分が特攻することに心から納得できる理由がありません。ほかの仲間たちには肉親や妻子など守るべき大事な人

＊4　同書、二三五頁。

がいるのに、現代から来た自分にはいない。移動先の世界で恋人や好きな人など大事な人ができるという設定もありえますが、それは過去に生きることになり、現代とのつながりは完全に失われてしまいます。

そのために、元の世界にいる身近な大事な人とのつながりに移動先の世界で気づく（幼少時代の肉親と出会うなど）、という仕掛けが必要になるのです。

それでもなお、自分の特攻と大事な人を守ることのあいだに、論理的なつながりは何もありません（論理的には生きて帰ってこそ大事な人を守れる）。金太はそれを「最初で最後の親孝行」という没論理的な情緒で突破しましたが、その飛躍を埋めて物語に説得力をもたせる工夫がさらに必要になります。

時間移動もののなかでその難所をうまくクリアした作品に荻《おぎ》原《わら》浩《ひろし》『僕たちの戦争』

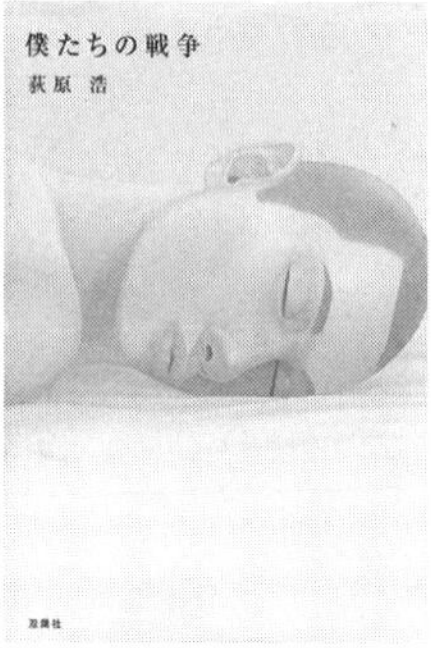

荻原浩『僕たちの戦争』（双葉社、2004年）

金子文紀演出《僕たちの戦争 完全版》DVD（バップ、2006年）

（二〇〇四）があります。

現代の若者（フリーター）が過去に、過去の予科練生が現代に、同時にタイムスリップして入れ替わる。主人公の若者は移動先の時代で人間魚雷「回天」の特攻隊員となるが、現代の価値観を保持したまま、生きて現代に戻る機会をうかがっている。しかし回天隊の仲間に自分の恋人の祖父がいることに気づく。潜水艦で航行中に敵に遭遇して攻撃を受け、仲間たちを守るために、恋人の祖父が自ら回天出撃を懇願する。しかしもしここで彼を死なせたら歴史が変わって大事な恋人も生まれないことになってしまう。だから主人公は彼を殴って気絶させ、自ら身代わりとなって出撃する決意を固める……。

特攻と「身近な大事な人を守るため」が論理的につながるには、ここまでしなければならないのです。

しかしこの手法でさえ万能ではありません。移動先の世界に「身近な大事な人」（父母や祖父母）を登場させる場合には、生き残りの物語と同じ物理的な限界がやってきます。二〇〇五年の若者が六〇年前に時間移動しても、祖父母はまだ二〇歳代で生きていました。ところが二〇二〇年の若者が七五年前に時間移動すれば、祖父母は小さな子供か、まだ生まれていない可能性もあります。

たとえば荒川祐二『神風ニート特攻隊』（二〇一五）は現代の若者（ニート）が過去の特攻基

荒川祐二『神風ニート特攻隊』（地湧社、2015年）

地にタイムスリップし記者見習いとして特攻隊員と交流する物語ですが、主人公はいちばん親しくしてくれた隊員から出撃前に手紙を託されます。そこで、これから生まれてくる彼の息子が主人公の祖父（つまり隊員は主人公の曽祖父）だと知る。身近な大事な人とのつながりが感じられるギリギリの限界です。これ以降は、移動先の世界には身近な大事な人とのつながりを見いだしにくくなってくるでしょう。

ならばいったい、生き残りも時間移動も使わずに、過去と現代をつなぎ、かつ、現代の価値観の持ち主でも命を捧げることに納得できそうな論理など存在するのでしょうか。

それが次に取り上げる第三のお手本です。

3節　未来としての戦後――『君を忘れない』

†「ヒコーキに乗れて、女の子にモテる」

長谷川康夫『君を忘れない――FLY BOYS, FLY!』（一九九五）は青春群像劇です。

太平洋戦争末期の鹿児島の海軍鹿屋航空隊で編成された特別飛行隊に、さまざまな部隊から「変わり者」ばかりが集められました。この物語は個性豊かな七人の若者たちが特攻隊として出撃するまで三カ月間を描きます。

なかでも、作者の長谷川がもっとも描きたかったのは、隊員たちの「仲間と笑いあい、誰かを必死に愛し、胸がどうにもわくわくしてとまらなくて、輝いていた時間」です。[*5]「ヒコーキに乗れて、女の子にモテる。そんな青春のはずでした。」――というのが映画版のキャッチコピーでした。

ここには「戦後」も「生き残り」も「現代の若者」も出てきません。ではどうやって過去と現代をつなぐのでしょうか。

まず思いつくのは、個性豊かな若者たちの青春ドラマのように描くことで、現代の若者にとって身近な存在として感情移入しやすくなるだろう、ということです。たしかに映画では旬な若手俳優や人気アイドル、お笑いタレントが起用され、単行本にある登場人物のプロフィールにも出演した七人の俳優の写真が掲載されています。[*6]

＊5　長谷川康夫『君を忘れない—FLY BOYS, FLY!』角川書店、一九九五年、五頁。
＊6　七人の特攻隊員役は、唐沢寿明（隊長）、木村拓哉、松村邦洋、袴田吉彦、反町隆史、池内万作、堀真樹である。

長谷川康夫『君を忘れない—FLY BOYS, FLY』
（角川書店、1995年）

渡邊孝好監督《君を忘れない FLY BOYS, FLY》DVD
（ポニーキャニオン、2001年）

読者はこれが遺影となることを予感しつつ、彼らと「わくわくする時間」を共有していくのです。「ヒコーキに乗れる」とか「女の子にモテる」といった軟派な動機は本来、特攻作戦からもっとも遠いところにあります。この青春群像劇の最大の見所は、「出撃＝死」というタイムリミットが迫るなかで、彼らがそれぞれに葛藤しながら両者の距離を半ば強引に埋めていく過程にあります。

けれども、それ自体は映画や舞台と相性がよい特攻文学に共通の特徴にすぎません。先回りしていえば、『君を忘れない』が三つ目のお手本として画期的だったのは、「戦後」や「生き残り」を、特攻隊員が託す未来として想像的に示したことにあります。

そのために、『君を忘れない』では特攻出撃の期日をわざわざ「八月一一日」に設定しています。[*7] ちなみに『ウインズ・オブ・ゴッド』も「八月一四日」[*8]、『僕たちの戦争』も「八月一五日」、『流れる雲よ』も「八月九日」以降でした。

これは沖縄での日本軍の組織的抵抗はすでに終わり、広島に続き長崎にも新型爆弾が落され、日本の敗戦がいよいよ確実になったタイミングです。自分たちの特攻は、もはや戦局を一ミリも変えない。軍事合理性のまったくない作戦であることは、読者だけでなく、作中の隊員たちもよくわかっています。

これが一九四四年一〇月のフィリピンや四五年三月の沖縄であれば、まだしも目の前の戦局を転換するのに必要な作戦と「信じられた」かもしれません。物語はあえてその可能性を断っているということに注意が必要です。では、戦局を一ミリも変えないのであれば、彼らはいったいどのように自分を納得させたのでしょうか。

†「いい国になるといいな……」

いよいよ出撃を明日に控えた八月一〇日の夜、隊員たちが集まって夕食をとる場面。それ

＊7　映画版の出撃日は「七月一〇日」。映画の脚本から小説化する際に「八月一一日」に修正された。

＊8　舞台脚本と映画版では「八月一五日」。小説の単行本と文庫版では「八月一四日」。なお、それとは別に、映画版では物語終盤の重要な場面が改変されている（兄貴は最後まで金太の特攻を認めず、他の隊員の機を奪って追いかける）。二〇〇五年のテレビドラマ版では原作に近い演出に戻っている。

まで心理的な距離のあった隊長も一緒に酒を酌み交わして、隊員たちに次のような訓示を与えます。

「……いいか……この特攻という作戦が戦術としてどうであろうと、俺たちのやるという意志だけは間違ってないと思う……いったい守るべきものが何なのかは、俺もよくからないけれど……たしかに守らなければならないものはあるはずなんだ。そのために、俺たちが命までかけようとした、その意志を持った……という一点で、俺たちは敗北じゃないと思う。特攻という作戦が未来においてどれだけ非難されようとも、飛んでいく俺たちは何も恥じることはないさ。皆、自分のためにではなく、守るべき何かのためにいくんだから」[*9]

それを聞いた隊員の一人がポツリとつぶやきます。

「この国……いい国になるといいな……」

この台詞は、出撃する全員の気持ちを代弁する言葉として、ラストシーンでも繰り返されます。隊員たちの視線が、目の前の敵や戦局ではなく、この国の未来を遠くに見据えているのだとわかります。引用した隊長の訓示と隊員のつぶやきは、物語のなかで隊員たちの揺れる心をひとつに束ねていくだけでなく、物語の外にいる読者（この国の未来の世代＝私たち）に対する強力なメッセージとなっています。

特攻は間違った作戦かもしれない。にもかかわらず、特攻する「俺たち」は何も恥じることはない。なぜならば、守るべきもののために命をかける意志をもっているから。その結果として、この国が「いい国」になる（といいな……）と信じる。

この隊員のつぶやきは、この国を「いい国」にするのは誰か、という問いを投げかけるものので、後の展開の伏線となっています。

†「俺たちの代わりに生きろ」

ところで、『君を忘れない』はこのまま七人全員を特攻出撃させる話にしてもよかったはずです。せっかく七人の心がひとつにまとまったのだから。

しかしそうはならなかった。隊員のメッセージを確実に未来の世代に届けるために、最後

＊9　前掲『君を忘れない』二〇七～二〇八頁。傍点引用者。

にダメ押しの展開が用意されます。

隊長は出撃命令を受ける際に、戦果確認機を一機つけよ、とも告げられていたのです。つまり、自分を含む七人のうち「敵艦に突入する六人」と「戦果を確認して戻る一人」を選別しなければなりません。生き残る者を一人だけ選ぶ隊長にとっても、仲間とともに死にに行く覚悟を固めていた隊員たちにとっても、これは全員で死ぬより残酷な命令です。

この命令は、じつは隊長の実の父である司令官が息子を生かすために与えたものでした（公私混同ですが）。隊長はそれをわかったうえで、生きるチャンスを自分以外の誰かに与えようと決心します。さんざん悩んだ挙句、出撃の直前になって、六人の部下のうち一人に戦果確認を命じます。それは隊員のなかで唯一の妻子持ちでピアノを愛する寡黙な男でした。命ぜられた隊員は「俺は絶対行くぞ！」と暴れて抵抗しますが、隊長によって右手を拳銃で撃ち抜かれ、出撃不能となります。隊長は彼の肩をつかんでこう言い聞かせます。

「いいか。この戦争、そう長くは続かない。その傷が治るまでには間違いなく終わる。おまえは生きろ。俺たちの代わりに生きろ。俺たちにできなかったことをおまえにはやって欲しいんだ！……俺たちが何を考え、この時代をどう生きたか。いや、俺たちが特攻などという愚かな作戦を選んだという事実だけでもいい。おまえの息子に、次の世代にちゃんと伝えて欲しいんだ！[*10]」

この隊長の台詞だけなら、命の大切さと特攻の愚かさを訴える反戦平和のメッセージに見えるでしょう。けれども、前項で引用した前夜の訓示と併せて読むことによって、隊長の真意が浮かびあがってきます。

つまり、特攻作戦の愚かさにもかかわらず、俺たちが大事な何かを守るために命をかけたこと。俺たちの代わりに生きて、この国を「いい国」にしてほしいこと。これこそを「次の世代にちゃんと伝えて欲しい」ということです。

物語は六人が笑顔で出撃していく場面で終わります。彼らは敗戦を知らないから、戦後も訪れないし生き残りも登場しません。それらは未来として希望を込めて語られ、後に残る一人に託されたのです。

もしも七人全員を死なせたら、この命と引き換えのメッセージ（遺志）は宙に浮いてしまいます。「いい国になるといいな……」というつぶやきも消えてしまう。少なくとも作中人物に受取人はいない。そこで一人をピアノを弾く手と引き換えに強制的に生かすことで、彼

*10　同書、二一五～二一六頁。

を遺志の受取人に指名し、次の世代とともにこの国を「いい国」にする、という使命を与えたのです。遺志の受取人は、受け取って終わりなのではなく、次の世代に引き継ぐ中継者の役割も担っています。

4節　命のタスキを託される

†私たちは彼らに恥じない生き方ができているか？

自分たちが特攻したあとの未来の日本は、「いい国」になっているのだろうか――。この『君を忘れない』の問いかけを引き継いだのが、草部文子の戯曲『流れる雲よ』(二〇〇六)です。*11

特攻隊員がラジオで未来からの電波を受信する、という異時間通信の物語ですが、隊員は、未来(西暦二〇××年)のラジオの女性パーソナリティが、自分の幼い弟の子供(姪)であることに気づきます。本章2節で論じたのとは逆に、「身近な大事な人とのつながり」を未来の世界に発見するのです。そして偶然つながった電話で番組へのメッセージを求められた隊員は、出撃前にいちばん知りたかったことを尋ねます。

「今、日本は良い国ですか？[*12]」

これは作品のテーマを象徴する、死者からの問いかけです。女性パーソナリティは電話の相手がまさか特攻で死んだ伯父だとは思わないから、「私は良い国だと思うけど…もっと、良い国にしてゆきましょうね」と無難に答えるしかない。けれども隊員は、この「未来」（みき）という名前の姪との不思議なやりとりを通じて、自分が特攻で死ぬ意味を納得する。

「今は不思議と信じられるんだ。俺達の死は「無駄死に」なんかじゃないって。俺さ、やっと判ったんだ。俺達が今、死ぬのは、名誉の為なんかじゃない。俺達が今、この命と引き換えに守るものは、日本の未来だ。（略）あのラジオの電波は、俺達に、きっと教えてくれたんだ。この先には平和な未来が待って

草部文子『流れる雲よ』
（創芸社、2006年）

*11　草部文子『草部文子戯曲集　流れる雲よ』創芸社、二〇〇六年。戯曲集には「飛行機雲」の題名で収録されているが、現在の舞台作品の題名でもある「流れる雲よ」と表記する。舞台は全国各地で上演され続け二〇一九年に二〇周年を迎えた。

*12　前掲『流れる雲よ』、一一九頁。傍点引用者。

いて、そして、命が続いてゆく事を」[13]

この隊員の出撃は八月九日以降であり、原爆投下の事実はもちろん、未来のラジオを通じて数日後に「終戦」を迎えるであろうことも知っています。けれども、『君を忘れない』では抽象的に想像するしかなかった遠い未来が、『流れる雲よ』では確かな手応えを感じられるものとなり、それがかえって出撃を後押しすることになるのです。

それにしても、特攻隊員にとって、受信のタイミングは偶然に委ねられ、しかも断片的な情報しかわからないラジオ、というのは未来への想像力をかきたてる絶妙な設定です。もし特攻隊員が未来の現実の姿をみたらどう思うでしょうか。『僕たちの戦争』には過去から現代にタイムスリップしてきた予科練生が「これが自分たちが命を捨てて守ろうとしている国の五十年後の姿なのか?」と愕然とする場面がありました。[14]

だからこそ、いまの読者は、特攻隊員が想像する未来とひき比べて、現代社会や、自身の身の振り方を反省し、忸怩《じくじ》たる思いを抱かざるをえません。

彼らの目に、いまの自分はどう映るのだろうか。この国は「いい国」になったのだろうか。いや、私たちはこの国を「いい国」にするための努力をどれだけしてきたのだろうか。彼らに恥じない生き方ができているのだろうか——と。遺志を託された未来の世代の応答責任

(responsibility) は、『君を忘れない』というタイトルとも重なります。

†未来のための特攻という「超」論理

自らの命と引き換えに、この国の未来を後の世代に託す。このような死者のメッセージを、託される(受け取る)側から捉え直して「命のタスキ」と呼びます。命のタスキとは、現代における特攻の自己啓発的な受容のあり方を理解するためのキーワードです(第1章2節)。

ただ、こうした自己啓発的な受容は、『君を忘れない』が刊行された一九九五年時点では、まだ表に出てきてはいません。少なくとも同時代の公的な言論空間にはそうした感覚の受け皿はありませんでした。

だとすれば、命のタスキは受取人不在のまま宙吊りにされていたことになります。特攻の自己啓発的な受容の言説が増えてくるのは——したがって命のタスキを受け取る人が増えてくるのも——二〇〇〇年代以降です。[*15] そして特攻文学が「未来としての戦後」を軸

＊13　同書、一二六〜一二七頁。
＊14　荻原浩『僕たちの戦争』双葉文庫、二〇〇六年、二三〇頁。
＊15　井上義和『未来の戦死に向き合うためのノート』創元社、二〇一九年、一五九頁。

とした物語となっていくのも、二〇〇〇年代半ば（戦後六〇年）以降なのです。
その意味では、一九九五年の『君を忘れない』は少し早すぎたといえるかもしれません。
とはいえ、「未来としての戦後」のために特攻する、というアイデアは、『君を忘れない』の発明ではありません。

そもそも軍事作戦は、戦局を動かし、戦争を有利に運ぶためにあります。そう信じるからこそ、前線の将兵は命がけで作戦を実行するわけです。フィリピンのレイテ沖海戦における初期の特攻作戦も「統率の外道」を自覚しながら、そうした軍事合理性のギリギリの延長上に発案されたはずでした。ところが、最初に「戦果」を挙げたことからリミッターが解除されます。主戦場が沖縄に移ってからの特攻作戦は、敵の圧倒的戦力の前に将兵の命をむなしく消耗するばかりとなりました。その象徴が戦艦大和による海上特攻です。戦局を動かす見込みがないのに、生還の可能性のない作戦をおこなう意味はあるのか。無駄死にではないのか。合理的な説明は不可能です。

そこから「戦局を動かす＝戦争を有利に運ぶ」ではない観念が捻《ひね》りだされました。敗北を前提に「未来としての戦後」のためにあえて特攻する、という観念です。次に引用する、「特攻の父」大西瀧《おおにしたき》治郎《じろう》海軍中将と、『戦艦大和ノ最期』にも登場する臼淵《うすぶち》磐《いわお》海軍大尉という二人の言葉がよく知られています。

いかなる形の講和になろうとも、日本民族がまさに滅びんとする時に当って、身をもってこれを防いだ若者たちがいた、という事実と、これをお聞きになって陛下御自らの御仁心によって戦を止めさせられたという歴史の残る限り、五百年後、千年後の世に、必ずや日本民族は再興するであろう、ということである。[*16]

進歩ノナイ者ハ決シテ勝タナイ　負ケテ目ザメルコトガ最上ノ道ダ〔略〕今目覚メズシテイツ救ハレルカ　俺タチハソノ先導ニナルノダ　日本ノ新生ニサキガケテ散ル　マサニ本望ヂヤナイカ[*17]

「日本民族の再興」（大西）といい「日本ノ新生」（臼淵）といい、どちらも若者たちの命を祖

＊16　第一航空艦隊司令長官の大西瀧治郎中将が側近の参謀長・小田原俊彦大佐に語ったとされる「特攻の真意」。神立尚紀『特攻の真意―大西瀧治郎はなぜ「特攻」を命じたのか』文春文庫、二〇一四年、二二七頁。草柳大蔵『特攻の思想―大西瀧治郎伝』文藝春秋（文春学藝ライブラリー）、二〇二〇年も参照。

＊17　吉田満『戦艦大和ノ最期』に出てくる哨戒長・臼淵磐大尉の言葉。吉田満著・保阪正康編『「戦艦大和」と戦後―吉田満文集』ちくま学芸文庫、二〇〇五年、五六頁。

国再興の原資として未来の世代に託す、という軍事合理性を逸脱したアクロバットな「超」論理であることは明らかです。

この「超」論理は、特攻に対して両義的な態度をとるものなので、文脈を押さえながら読み解く必要があります。特攻を肯定するにせよ否定するにせよ、特攻による戦死者の尊厳（犬死ではない）を守る包摂の機能をもつがゆえに、特攻文学ではさまざまにアレンジされた台詞として引用されるのです。

『君を忘れない』の出撃前夜の隊長の訓示をもういちど読み返してみましょう。隊長がいう「守らなければならないもの」「守るべき何か」は具体的には指示されていませんが、国家や天皇といった当時の至上価値でないことはたしかです。隊員たちはそれぞれに身近な大事な人を想像したでしょうが、読者はここに「未来」を重ねて読むはずです。

「この特攻という作戦が戦術としてどうであろうと、俺たちのやるという意志だけは間違ってないと思う……（略）たしかに守らなければならないものはあるはずなんだ。そのために、俺たちが命までかけようとした、その意志を持った……という一点で、俺たちは敗北じゃないと思う。特攻という作戦が未来においてどれだけ非難されようとも、飛んでいく俺たちは何も恥じることはないさ。皆、自分のためにではなく、守るべき何かのためにいくんだから」

とはいえ、この「超」論理が、現代の価値観からすれば特攻の正当化論とスレスレの危うい論理であることはまちがいありません。

この「超」論理は、一回限りの、文脈限定の、死を覚悟した当事者の言葉としてのみ倫理的に受け入れられる、というのが私の考えです。ここはとても重要なポイントです。「超」論理は、出撃しない者による抽象的な特攻論として安全地帯から語られるときには、必ず、特攻の正当化論へと堕落してしまうからです。

ならば、作中の一回限りの台詞として、さまざまな特攻文学で反復される場合はどうか。またしても私たちは、毒と薬を同時に意味するパルマコンのように、両義的で決定不可能な問いの前に置かれることになります。

†託す者と託される者

じつは、特攻文学にはこの難所をクリアする仕掛けも用意されているのです。

それは命のタスキの受取人を具体的に指名することで、「超」論理を作中の特定の文脈のなかに封じ込めることです。『君を忘れない』では一人だけ生かされた隊員、『流れる雲よ』

では主人公の幼馴染で親友の整備少尉[*18]、『僕たちの戦争』では主人公が身代わりとなって生かした恋人の祖父が、受取人ということになります。受取人の指名は、特攻の正当化という疑惑を払拭するための安全装置なのです。

未来のための特攻という「超」論理は、命のタスキの受取人を指名することで、託す者と託される者の物語となります。そして受取人を媒介して、読者の私たちにも託されます。だから『君を忘れない』でもっとも感動的なのは「俺たちの代わりに生きろ！」と生き残る一人に未来を託す場面なのです。出撃前夜の隊長の訓示や、最後の笑顔の出撃は、この託す者と託される者のドラマを際立たせるためにあるといってもいいでしょう。

人が涙を流すのは、ここです。

もうお気づきでしょうか。『永遠の0』が文庫版解説の児玉清を号泣させたのも、主人公を妻子のために命を惜しむ優秀な熟練搭乗員という設定にして、彼の冷静な軍事合理的な視点から戦略戦術指導の誤りを（当然特攻作戦の愚かさも）批判させることで、現代の私たちの価値観のふところに入りつつ、この命のタスキを託す／託される展開に持っていく物語だからです。

主人公は特攻では身近な大事な人（妻子）を守れないことをよく知っている。そしてかつて命を助けてもらった部下を死なせるわけにいかない。だから自分が身代わりとなって部下を生きさせて、妻子のことを託すのです。そして、その真実を知った部下の孫（主人公の実の孫）も、命のタスキを受け取ったような感覚を覚えて、人生を前向きに生きようと決心します。『君を忘れない』で一人だけ生かされた隊員には息子がいました。ここからは想像ですが、息子は大きくなって父から六人の仲間の話を聞いたとき、自分にも命のタスキが託されていることを知り、やはり人生を前向きに生きる――という後日談もじゅうぶん感動の物語になりえます。

命のタスキを託す／託される物語として割り切るならば、時間移動ものであっても、主人公が特攻する（託す側）必要はないし、そうであるなら元の世界の身近な大事な人とのつながりを移動先の世界で無理に見つけ出す必要もなくなります。

その意味での特攻文学の最先端は、「はじめに」でも言及した汐見夏衛『あの花が咲く丘で、君とまた出会えたら。』（二〇一六）です。現代の女子中学生が過去にタイムスリップして特攻隊員たちと交流するという物語です。ひとりの特攻隊員

汐見夏衛『あの花が咲く丘で、君とまた出会えたら。』（野いちごジュニア文庫、2021年）

＊18　さらにその整備少尉に頼んでエンジンに細工をしてひとりの少年隊員を生還させている。

に恋に落ちた主人公は、出撃する彼を涙で見送ったあと、現代に戻って前向きに生きられるようになります。
次に引用する女子中学生から英霊（交流した特攻隊員たち）への呼びかけは、『君を忘れない』『流れる雲よ』における特攻隊員から未来の私たちへの問いかけに対する、命のタスキの受取人からの模範的な応答になっています。

あの夏、空に散ってしまったみんな、私の声が聞こえますか。／私は今、あなたたちが守ってくれた未来を生きています。／あなたたちが願った、明るい未来を起きています。／素晴らしい未来を私たちに残してくれてありがとう。／あなたたちのことは絶対に忘れません。あなたたちの犠牲は絶対に忘れません。／あなたたちが命を懸けて守った未来を、私は精いっぱいに生きます。／どうか、安らかに眠ってください。[*19]

この作品は時間移動ものの系譜にありながら、時間的な距離を克服することに成功しています。[*20]特攻隊の生き残りも、祖父母や曽祖父母も媒介せずに、過去と現代が直接つながったという意味で画期的です。そのことにくらべれば、ケータイ小説から生まれたとか、中高生に読まれているとか、動画投稿アプリ「ＴｉｋＴｏｋ」をきっかけに拡散したとかは、あくまでも二義的な特徴ということになります。

5節　命のタスキ論に対抗できるか

戦後教育学を拘束してきた「国家による戦争動員への加担」というトラウマを解除し、それを制御するためのワークとして、「人を感動させる特攻の物語をつくりなさい」という創作課題を考えてきました。それは現代の価値観の持ち主でも命を捧げることを受け入れてしまう「人間の顔をした納得の論理」でなければなりません。

三〇年の歴史をもつ非体験者による創作特攻文学の蓄積から、その感動の方法論の定石を

＊19　汐見夏衛『あの花が咲く丘で、君とまた出会えたら。』スターツ出版文庫、二〇一六年、二六六頁。なお、同じ出版社の児童文庫レーベル「野いちごジュニア文庫」から二〇二一年五月に刊行された新装版では、ここに引用した文章はそっくり削除されている。

＊20　続編の汐見夏衛『あの星が降る丘で、君とまた出会いたい。』スターツ出版文庫、二〇二〇年、も参照のこと。『あの花が…』で戦死した初恋相手の特攻隊員の生まれ変わりと「再会」する物語になっている。

探るべく、過去と現代をどうつなぐかという設定の観点と、過去と現代の価値観を同時に射貫くという納得の観点、という二点に着目しながら検討してきました。

過去と現代をつなぐ設定については、生き残りが過去の記憶を解凍してトラウマを治癒する物語（『月光の夏』＝生き残りもの）や、現代の若者が過去に時間移動して特攻隊員として葛藤する物語（『ウィンズ・オブ・ゴッド』＝時間移動もの）がお手本にされました。

その一方で、どちらも過去と現代がつながる時間的な距離には物理的な限界があることもわかりました。その点、青春群像劇として過去を描きながら彼らが想像する「未来としての戦後」を現代に重ね合わせる物語（『君を忘れない』＝青春群像もの）には過去と現代の距離にとらわれない強みがあることがわかりました。

過去と現代の価値観を同時に射貫くという納得の論理については、「身近な大事な人を守る」と「日本が未来に再生する」という候補の検討を経て、両者を包含する「命のタスキを託す／託される」という論理（命のタスキ論）にたどり着きました。

この命のタスキ論は、特攻の物語だけでなく、さまざまな創作表現のなかに具体例を見出すことができる汎用的な論理であるのかもしれません。けれども、命のタスキ論が、とくに映画や舞台と相性のいい特攻文学というジャンルのなかで洗練されてきた意味は決して小さくありません。ここでは「いま・ここ」の価値観とリアリティに生きる多様な読者＝観客を感動させる手法が真剣に研究されてきたからです。

また命のタスキ論が、はたして時代や文化や国籍や思想を問わず通用する、普遍的な論理かどうかについても検討の余地があります。けれども、これが特攻の自己啓発的な受容において中心的な価値に据えられてきた意味は決して小さくありません。それは教育や研究の外側で、スポーツ選手や企業経営者や政治家といった人たちを惹きつけてきたからです。

命のタスキ論と機能的に等価な論理は、ほかにもあるかもしれません。けれども、このリベラルな民主主義社会において、命を捧げるという究極の行為でテストしたときに、これを上回る論理がはたしてあるかどうか。

第1章2節でも述べたように、命のタスキリレーの中継者という観念は、日常と「地続き」にありながら、市民社会の論理の外部ともつながり、私たちを力づける価値観になっています。だとすれば、特攻の物語が反復する「命のタスキを託す／託される」展開は、私たちが大切にしている価値観の極限形態ということにならないでしょうか。

この命のタスキ論に対抗することは容易ではありません。私たちは人が何に感動して命を捧げる物語を受け入れてしまうのか、よく自覚しておく必要があります。

第4章　死んだ仲間と生き残り――鶴田浩二と戦中世代の情念

創作特攻文学の成立と展開において、重要なカギを握るのが「寡黙な祖父たち」（の不在）です。社会的存在としての「寡黙の祖父たち」は、創作特攻文学のあり方を規定する下部構造である、という言い方もできるかもしれません。

そこで本章では、「寡黙な祖父たち」がもう少し若く、ギリギリ現役だった昭和五〇年代まで遡ってみます。テレビドラマ《男たちの旅路》では、鶴田浩二が演じる特攻隊の生き残りが「寡黙な祖父たち」の情念を体現する存在感を放っています。第2章と第3章では映画版があっても基本的に小説版を優先してきましたが、本章だけは例外的に映像作品を主体とします。鶴田浩二以外では成立しなかった作品だからです。

文学ジャンルとしての系譜上の「前史」が三島由紀夫『英霊の聲』と棟田博『サイパンから来た列車』だとすれば（第2章2節）、《男たちの旅路》は創作特攻文学のいわば「前夜」です。そこで鶴田浩二が体現した戦中世代の情念を文学的に昇華するところから、創作特攻文学がはじまったからです。

この昭和五〇年代は、戦中世代が職場から姿を消していく時代でもありました。家庭では「寡黙な父」「寡黙な祖父」として存在し続けましたが、社会全体としてみれば、彼らの存在感は希薄になっていきます。

けれども、その不在に気がつくまでには時間がかかりました。彼らが社会のなかに存在していたことの意味も、事後的にしかわかりません。


「寡黙な祖父たち」の不在の意味とは何か。


第2章と第3章は、その問いへの私なりの応答になっています。

創作特攻文学がはじまる一九九〇年代には、二〇歳前後の若者にとって祖父の多くは戦場体験をもっていました。ただの戦争体験ではない。徴兵や志願で軍隊に入り、将兵として前線に赴き、または出撃に備えて訓練を受け、程度の差はあれ「戦場で死ぬかもしれない」覚悟を固めた経験をもっていたはずです。自らの戦場体験を家族の前で積極的に語ることはせず、安易な戦争理解を拒絶する存在――それが「寡黙な祖父たち」でした。

その寡黙な存在感を最大化したのが、特攻隊の生き残りです。

彼らは創作特攻文学のなかで、負い目を抱えて葛藤する主体として登場しましたが、二〇〇〇年代には、死んだ仲間を回顧する語り手へと物語の後景に退いていきます。実際の祖父たちも高齢化して、八〇歳を過ぎると寡黙の意味も存在感も希薄になっていました。

そして現代の人びとは、「寡黙な祖父たち」を媒介せずに、戦死者からのメッセージを受け取るようになっている。二〇〇〇年代以降に顕著に認められる傾向です。

特攻の自己啓発的な受容は、特攻隊員の遺書を読んで「この私」に命のタスキが託されたという感覚を抱くことでした（第1章）。創作特攻文学でも、継承のメディアとしては現代の若者が過去の特攻隊員と直接つながる仕掛けが主流になり（第2章）、感動のメディアとしても生き残りのトラウマの治癒や和解は後景に退き、命のタスキの託す／託される論理が前景化してきました（第3章）。

このように現代人が戦死者と直接つながる現象は、「寡黙な祖父たち」が社会の表舞台から物理的に消えていく過程と無関係ではありません。

1節　主人公は特攻隊の生き残り

†「俺は若い奴が嫌いだ」

山田太一《やまだたいち》脚本の《男たちの旅路》は、NHK総合テレビ「土曜ドラマ」シリーズとして、一九七六年から七九年にかけて三週連続を四部にわけて放送されました。一九八二年のスペシャル回を含めると全部で一三話になります[*1]。

主人公の吉岡晋太郎（鶴田浩二）は中年のガードマンで職場では「司令補」と呼ばれていま す。学徒出陣した戦中世代で、特攻隊で死んだ仲間たちに義理立てして独身を貫いています。そんな吉岡司令補が、陽平（水谷豊《みずたにゆたか》）をはじめとする部下の若手ガードマンたちを指揮してさまざまな現場で警備にあたる物語です。

一九七六年当時、上司役の鶴田浩二（五二歳）と部下役の水谷豊（二四歳）らはちょうど親子ほど年齢が離れています。後で述べるように、当時の二〇代の若者の親世代は五〇代の戦中世代と重なります。中年と若者、親と子の違いだけでなく、戦争体験の有無による断絶も重ねられました。断絶といっても「理解してくれない」「わかりあえない」と嘆いたり恨んだりするのではない。吉岡は若者たちの「訳知りぶる・たかをくくる」態度に我慢がならず、

「俺は若い奴が嫌いだ」と言い放ちます。たとえば自殺を図ろうとしている若い女性を容赦なく叱り飛ばすこともあります（第一部第一話「非常階段」）。

「いいか。三十年前にはな、死にたくなくて、それでも無理に自分を押さえこんで死んで行った奴が、いくらでもいたんだぞ（略）死ぬと決まった時、この人生が、どんな風に見えたかわかるか。どんなに輝いて見えたかわかるか（略）本当に、お前は生きたか。ギリギリまで生きてみたかッ！」

吉岡には戦争中に多くの仲間が特攻隊で出撃するのを見送った辛い経験があります。こうした経験に裏付けられた説教シーンは毎回の見せ場のひとつで、戦中世代にとっては「よくぞ言ってくれた！」と快哉《かいさい》を叫びたい名言の宝庫でもあったでしょう。戦争体験で若者にマウントをとる戦中派仕草と紙一重ですが、吉岡の説教が痛快なのは、若者だけでなく顧客や

＊1　『男たちの旅路』は第一部（一九七六年二〜三月）、第二部（一九七七年二月）、第三部（一九七七年一一〜一二月）、第四部（一九七九年一一月）、スペシャル「戦場は遙かになりて」（一九八二年二月）、以上全一三話。映像と脚本はDVD全五巻（NHKエンタープライズ、二〇〇二）と山田太一『山田太一セレクション　男たちの旅路』里山社、二〇一七年、によって確認できる。本論で引用する台詞はこの脚本に依拠する。

テレビドラマ《男たちの旅路》の一場面、鶴田浩二と森田健作、水谷豊

上司など立場が上の者にも遠慮なく向けられるからです。

それでもテレビドラマの主役の言葉としてはやや主張が強すぎるため、陽平という軽薄なツッコミ役を配することで、強い言葉が中和される工夫を凝らしています。[*2]

戦時中の話を持ち出す吉岡に対して陽平は「時代がちがう」と反発しつつ、「中年にしちゃあ歯ごたえがありそうだ」と、ぶつかり甲斐のある大人として見直す。吉岡も「若い奴が嫌いだ」と言いながら、いちいち突っかかってくる今どきの若者の陽平を受け入れる。世間や時代に迎合せず、相手が誰であろうと信念をもって主張し、行動する吉岡の姿勢に、若者たちは次第に惹きつけられていきます。

毎回の放送後には視聴者から多くの手紙や電話が寄せられました。

プロデューサーの近藤晋《こんどうすすむ》は「父親は何もいってくれないけれど、吉岡司令補はあんなにはっきり物をいってくれる。ああいうお父さんが欲しい」という若者たちからの声がシリーズの原動力になったと振り返り、[*3] 山田太一も後に、自身が脚本を手掛けた歴代のドラマ作品のなかでも視聴者からの反応が一番多かったものとして《早春スケッチブック》とともに本作を挙げています。[*4] また一九八五年のシナリオライター志望者の意識調査では「感動したテレビドラマ」の第一位に推されました。[*5]

†《男たちの旅路》は戦後日本の理想か？

《男たちの旅路》では毎回世相や家庭や社会問題を反映したテーマが取り上げられたので、その観点から評価されることは多いのです。たとえば第三部第一話「シルバー・シート」では老人ホームにおける高齢者の尊厳、第四部第三話「車輪の一歩」では身体障害者のノーマライゼーションなど、民放のドラマなら敬遠されがちな重いテーマに挑戦しました。吉岡は

＊2　山田太一「第1部スタートのころ」『男たちの旅路　第1部』DVD所収パンフレット、二〇〇二年。
＊3　近藤晋『プロデューサーの旅路―テレビドラマの昨日・今日・明日』朝日新聞社、一九八五年、一七四頁。
＊4　山田太一『山田太一作品集4　男たちの旅路②』大和書房、一九八五年、二四二頁。この「あとがき」は後に山田太一『山田太一エッセイ・コレクション　その時あの時の今―私記テレビドラマ50年』河出文庫、二〇一五年に再録。
＊5　山田太一『山田太一作品集3　男たちの旅路①』大和書房、一九八五年、二二六頁。アンケートの概要と結果については、雑誌『シナリオ』一九八五年七月号。

老人や障害者の提起する現代的な問題も真摯に受け止めて、己の人生経験をかけた言葉をさぐっていくのです（前述のように吉岡の説教対象は若者にとどまらない）。

ここでは、そうした個別のテーマというよりは、ガードマンという職業設定の批評性に着目して、作品全体を貫くテーマを読み解いた社会学者による評論を取り上げます。

ガードマンは何ものかを「守る」任務に就いているけれど、軍隊や警察と違って、武器や権力といった「守る」ための手段をあらかじめ奪われている。だからもしも勤務中に暴力に襲われたときには、注意・警告し、警察に通報し、逃げることしかできない。この「非暴力」をめぐる葛藤は最後のスペシャル回「戦場は遙かになりて」で主題化されました。若い部下はしばしば暴力と直接対峙《たいじ》しようとするが、吉岡は上司としてそれを抑止しつつ、非暴力で問題に向き合わなければならない……。

長谷正人《はせまさと》はここに「「敗戦」国日本が得た最良の思想」を読み取り*6、大澤真幸《おおさわまさち》は長谷の議論を「戦後の日本では、原点にある敗北をしかと認めた者だけが、「男」になりうる」と敷衍《ふえん》しました*7。大澤によれば、ガードマンとは「軍隊をもたないと憲法で宣言した戦後日本の理想の暗喩」ということになります。

吉岡司令補は言う。「強がり」と「本当の強さ」は違う、と。他人から弱虫と言われることを恥じ、自分のプライドを守ろうとする「強がり」から出た行為は、「本当の強さ」ではない、と。本当に強いということは、自分が武器をもつ敵に対しては無力であることを直視し、弱虫と批判されることを恐れず、逃げるべきときには逃げることだ、と吉岡は言う。これには、特攻隊の死も「強がり」だったという含意がある。

このようなリベラルな反戦平和思想に即した読み方はたしかに可能です。山田太一自身が「警備会社が暴力とたたかうな、逃げろ、としか言わないのは、直接には警備会社の常識だが、比喩としては、日本の外敵に対する平和主義を意味している」[*8]と述べているとおり、その点については制作側も自覚的だったからです。

それにもかかわらず、吉岡司令補を他ならぬ鶴田浩二が演じることで、この作品はそうした「戦後日本の理想」とは別次元のメッセージを発することになりました。

逆にいえば、長谷＝大澤の議論は、鶴田浩二を他の役者に取り換えても成り立ちます。本

＊6　長谷正人『敗者たちの想像力―脚本家山田太一』岩波書店、二〇一二年、四四頁。
＊7　大澤真幸『山崎豊子と〈男〉たち』新潮選書、二〇一七年、一五〇頁。
＊8　山田太一「加齢の輝き」『男たちの旅路　スペシャル―戦場は遙かになりて』DVD所収パンフレット、二〇〇二年。

章で注目したいのは、主人公を特攻隊の生き残りにして、それを映画俳優の鶴田浩二に演じさせ、さらに主人公の職業を地味なガードマンにすることで発揮された「意図せざる効果」といってもよい。先回りしていえば、それは「戦後日本の理想」と「戦中世代の情念」という二重規範のせめぎあいに他なりません。《男たちの旅路》を昭和五〇年代を象徴するユニークな作品として、本章で取り上げる所以です。

その前に、《男たちの旅路》をユニークにした社会的文脈を理解するために、特攻隊の生き残りが主人公のドラマをもうひとつ取り上げます。

†「あなたは、ここで一度死んでいらっしゃるんです」

橋田壽賀子《はしだすがこ》脚本の《夫婦》は、NHK総合テレビ「ドラマ人間模様」シリーズとして、一九七八年五月七日から六月二五日にかけて毎週日曜夜（大河ドラマの後）に放送されました。全八話からなります。[*9]

主人公は芦田伸介《あしだしんすけ》と山岡久乃《やまおかひさの》演じる高村夫妻で、夫は鉄鋼会社を定年退職したばかりの五六歳という設定です（後で述べるように当時は五五歳定年が一般的でした）。子供の結婚をきっかけに老後の同居問題が持ち上がり、夫婦の関係が悪化して妻が家出をしたことで、親戚中を巻き込んだ大騒動に発展します。

郵便はがき

料金受取人払郵便

河内郵便局
承　認

373

差出有効期間
2022年10月
20日まで

(期間後は切手をお貼り下さい)

5 7 8 - 8 7 9 0

東大阪市川田3丁目1番27号

株式会社 創元社 通信販売係

創元社愛読者アンケート

今回お買いあげいただいた本

[ご感想]

本書を何でお知りになりましたか(新聞・雑誌名もお書きください)

1. 書店　2. 広告(　　　　　　)　3. 書評(　　　　　　)　4. Web

5. その他

◉この注文書にて最寄の書店へお申し込み下さい。

書籍注文書

書名	冊数

◉書店ご不便の場合は直接御送本も致します。

代金は書籍到着後、郵便局もしくはコンビニエンスストアにてお支払い下さい。(振込用紙同封) 購入金額が3,000円未満の場合は、送料一律360円をご負担下さい。3,000円以上の場合は送料は無料です。

※購入金額が1万円以上になりますと代金引換宅急便となります。ご了承下さい。(下記に記入)

希望配達日時

【　　月　　日 午前・午後　14-16 ・ 16-18 ・ 18-20 ・ 19-21】

(投函からお手元に届くまで7日程かかります)

※購入金額が1万円未満の方で代金引換もしくは宅急便を希望される方はご連絡下さい。

通信販売係　　Tel 072-966-4761　Fax 072-960-2392
Eメール tsuhan@sogensha.com
※ホームページでのご注文も承ります。

〈太枠内は必ずご記入下さい。(電話番号も必ずご記入下さい。)〉

お名前	フリガナ	歳
		男・女
ご住所	フリガナ	
	〒□□□-□□□□　E-mail: TEL　　－　　－	メルマガ会員募集中! お申込みはこちら

※ご記入いただいた個人情報につきましては、弊社からお客様へのご案内以外の用途には使用致しません。

どこの家庭にもあるような、夫婦、親子、嫁姑の関係の生々しい問題を多少オーバーに描き出したのが受けて、こちらも「三八パーセントの高視聴率と予想外の反響に脚本を書いた本人が戸惑」うほどでした。[*10] また特攻隊の生き残りが家庭問題にどう向き合うか、という関心から自分事として視聴する戦中世代も多かったようです。[*11]

序盤の展開を主導するのは、妻の伸枝（山岡久乃）のほうです。自己主張が強く、新婚の息

＊9　リメイク版として一九八二年一月四日〜三月五日にTBSの昼ドラマ、花王愛の劇場（全四五話）。二〇〇六年二月四日、テレビ朝日《橋田壽賀子ドラマスペシャル 夫婦》（全一話）。橋田壽賀子の《夫婦》は何度か書籍化され、筆者が確認できたものだけでも日本放送出版協会版（一九七八年）、主婦の友社版（一九八一年）、中公文庫版（一九八六年）がある。中公文庫版のみが橋田自身によるオリジナルのシナリオ出版であり、前二者は他のライターの手が入ったドラマのノベライズであり「本意ではなかった」という（中公文庫版のあとがき参照）。今回は中公文庫版のシナリオを参照することにした。

＊10　橋田壽賀子「TVドラマ『夫婦』の後遺症」『文藝春秋』一九七八年九月号、三三八頁。

＊11　『戦艦大和ノ最期』の作者吉田満は、鶴見俊輔との対談で《夫婦》の感想を次のように語っている。「どうもわれわれには大きな違和感があるのですね。戦中派が家庭の問題に行きづまったときに、特攻経験が出てくるというのはどうも違う……（笑）。〔昔の特攻隊の日記や仲間の遺書や写真を〕これ見よがしに机の上に広げてね。ぜったいにそんなことはないんじゃないかと思うんです。もしやるとしても、だれにもわからないようにやる。それぐらいだいじなものなんです。（略）／われわれの仲間も大勢見てまして、日本人のどういう知恵で夫婦の危機を解決していくのか、共通の話題になっているんです」（鶴見俊輔『鶴見俊輔座談　戦争とは何だろうか』晶文社、一九九六年、七九頁）。

子夫婦に同居を要求し、煮え切らない夫に嫌気がさして家出をして、いわば騒動の発生源になっている。それに比べて夫の勝利（芦田伸介）は万事控えめな性格なので、妻と並ぶと存在感はますます薄く、しばらくこの夫を蚊帳の外においたまま物語は進行します。

それが、この勝利が家出をしたことで、事態は急展開します。

高村も《男たちの旅路》の吉岡と同じく、やはり学徒出陣した戦中世代で、特攻隊の生き残りです。ただし吉岡と違って自分からそれを熱く語ることはなく、古い手紙や写真をときどき取り出してはひとり眺める、といった控えめな伏線で仄《ほの》めかされる程度です。家出した高村の行き先は元特攻基地の「飛行場跡」でした。[*12] 妻は、夫の戦友との会話からヒントを得て、その場所にたどり着き、ようやく夫と再会しました。

「あなたは、ここで一度死んでいらっしゃるんです。もう一度、やり直したいと思っていらっしゃるんだったら必ずここへ帰っていらっしゃるはずだと思ったんです。ここから、なにもかも新しく出直したい……そう思っていらっしゃるんじゃないかって……」

そして勝利は、最後にやっと自分の考えを伸枝に打ち明けます。子供が独立して夫婦だけになった我が家を寮に改修して、東南アジアからの留学生を預かりたい、と。妻はその願いを受け入れ、夫婦二人で第二の人生を生き直す……という未来が示唆されて終わります。

この結末に対して「あの夫婦に、あのような簡単な和解はあり得ない、イージィだ」という反発が多く寄せられたそうですが、脚本を担当した橋田壽賀子は「『夫婦』は、あのラストの為に書いたドラマ」「最初にラストが決まっていて、それから逆算して作られたドラマ」なのだとキッパリと言い切ります。子供を中心に父と母の役割を果たしてきた夫婦が、子育てや仕事から自由になって初めて「ほんとう夫婦になれる」かどうかが試されると。

《男たちの旅路》と《夫婦》という二つのドラマの唯一の共通点は、主人公がともに特攻隊の生き残りであり、死んだ仲間のことを片時も忘れることなく、戦後三〇年を生きてきたということです。

その一点に着目して両者を比較してみると、「死んだ仲間とともに生きる」ということを、吉岡が独身を貫くという形で己の生き方に徹底しているのに対して、高村は会社や家族を優先してきたために十分にできず忸怩《じくじ》たる思いを抱えています。ドラマを視聴する戦中世代に

＊12　中公文庫版のシナリオには具体的な場所は示されていないが、日本放送出版協会版には「千葉県の銚子に近い飛行場跡」（二五八頁）とあるから海軍香取航空基地と思われる。一九四五年二月に編成された第二御楯隊がここから硫黄島方面に特攻出撃している。

とって、前者が憧れの理想像だとすれば、後者は身につまされる現実です。なにしろ高村は、特攻基地という「原点」に立ち戻り、これから第二の人生を生き直そうという重大局面においてさえ、自分の言葉でその意図を説明できずに、同じ航空隊の整備兵だった戦友や、長年連れ添った妻に忖度してもらう始末なのだから……。

しかし、吉岡や高村の不器用なコミュニケーション――ないしは周囲とのコミュニケーション不全――を責めることはできません。なぜか。次節で説明するように、戦後社会において「死んだ仲間」は取り扱い注意の対象だったからです。

2節　戦中世代の昭和五〇年代

†死のコンボイと「同期の桜」共同体

青年期に戦争を体験した世代は、一般に戦中派と呼ばれてきました。

本書で用いている「戦中世代」もそれとほぼ同じ意味ですが、ここでは森岡清美のいう「決死の世代」を中核として前後数年の幅をもつ出生コーホートとして定義しておきます。「決死の世代」とは太平洋戦争における戦没者がとくに多かった一九二〇～二三年生まれを指します。*13

彼らは一〇代から二〇代前半の時期に国難に殉ずる覚悟をもって軍隊に入りました。ここには陸軍少年飛行兵（少飛）や海軍飛行予科練習生（予科練）、および一九四三年の徴兵猶予廃止による学徒出陣組も含まれます。学徒出身者からは、陸軍特別操縦見習士官（特操）や海軍予備学生など志願制の予備役将校も多く輩出しました。

《男たちの旅路》の吉岡と《夫婦》の高村は、ともに海軍飛行予備学生でしたが、終戦時に二〇歳だった吉岡は第一四期（少尉）、二三歳で部下をもっていた高村中尉は第一三期ではないかと思われます。

彼らは将兵として最前線を経験し、戦場で多くの仲間を失いました。とくに戦争末期の特攻戦死者のうち一八歳から二五歳（一九二〇〜二七年生まれ）が九割前後を占めました。[*14] したがって、戦中世代は、戦没者の多さという観点から「戦没世代」「散華の世代」などとも言い換えられます。死が必至であるような状況下で、仲間が死んで自分は生き残ってしまった――という負い目（survivor guilt）を抱えて戦後を生きてきました。その点に着目すれば「死

*13　森岡清美『決死の世代と遺書―太平洋戦争末期の若者の生と死〔補訂版〕』吉川弘文館、一九九三年、一〜六頁。
*14　山口宗之『陸軍と海軍―陸海軍将校史の研究』清文堂出版、二〇〇〇年、二一〇頁。

のコンボイ経験世代」「生き残り世代」と呼ぶこともできます。[15] このことが、戦中世代の戦争体験を、ほかの世代のそれと大きく異なるものにしました。

若い読者は、当時の日本が起こした戦争が、所期の目的（自存自衛・アジア解放）にもかかわらず、中国大陸や東南アジア、南洋諸島などへ軍隊を展開していく過程で、結果としてそこで生活する無辜の民を傷つけ侵略の汚名を着せられることになった「加害」の歴史を知っているでしょう。これは世代に関係なく、私たち国民が背負い続けるべき日本の歴史です。その一方で、戦争を体験した世代のなかでも、どの局面でどのように関与したのかによって、戦争の捉え方に差異があることも知ってほしい。とくに戦中世代にとっては、敵の本土侵攻が迫る局面で祖国防衛の人柱として前線に投入された経験から、戦争を「加害」や「被害」といった言葉で割り切ることは困難で、死んだ仲間たちへの想いが心の奥底から消えることはありません。

森岡が死のコンボイ（道連れ）の典型的な表現として挙げるのが軍歌「同期の桜」です。原曲「戦友の唄（二輪の桜）」（作詞西条《さいじょう》八十《やそ》・作曲大村能章《おおむらのうしょう》）を下敷きにした替え歌として戦時中に流行し、軍学校や部隊など帰属集団に応じて設定が改変されながら歌い継がれました。[16] 戦後は、後に述べるように、鶴田浩二の持ち歌として復活し、戦中世代を中心に広く愛唱される懐メロになります。[17] 戦友会の会合で最も歌われた軍歌であり、[18] 特攻隊映画ではしばしば隊員たちの合唱シーンが効果的に挿入されました。

一番と五番を抜き出してみます。

(一)　貴様と俺とは同期の桜　同じ兵学校[*19]の庭に咲く
咲いた花なら散るのは覚悟　みごと散りましょ国のため

(五)　貴様と俺とは同期の桜　離れ離れに散ろうとも
花の都の靖国神社　春の梢に咲いて会おう

同じ庭に咲いた「同期の桜」は、散って離れ離れになろうとも、今度は靖国神社の境内に咲いて必ず再会しよう――。そういう約束の歌なのです。したがって、生き残り者の負い目

＊15　森岡清美「死のコンボイ経験世代の戦後」『社会学評論』四一巻一号、一九九〇年。
＊16　小川寛大「「同期の桜」、詠み人しらず」『月刊日本』二〇一五年七月号。
＊17　小川寛大「鶴田浩二という〝軍国スター〟」『月刊日本』二〇一五年八月号。
＊18　戦友会研究会『戦友会研究ノート』青弓社、二〇一二年、一三一頁。一九七八年に全国の戦友会を対象に実施した調査によれば、陸軍では第二位、海軍では第一位だった。
＊19　現在流通している歌詞では一番と二番は「兵学校」で三番以下が「航空隊」となっているが、鶴田浩二はすべて「航空隊」と歌う。鶴田は海軍兵学校ではなく関西大学専門部からの学徒出陣だからである。

とは、靖国神社で会おうと約束した仲間を裏切ってしまった負い目でもあります。

死んだ仲間への想いは、家族や親戚を戦争で亡くした「遺族」の悲しみや怒りとは異質な感情であり、その後、戦中世代のアイデンティティの重要な部分を占めることになります。

こうした戦中世代に特有の約束と裏切りの意識は、他の世代の安易な理解を拒絶する厳しさをもっていました。それは戦争体験をめぐる世代間のコミュニケーションを困難にもした。[*20] 一九五一年生まれの「戦無派」である伊藤公雄《いとうきみお》は、「戦中派」という言葉に抱く複雑な想いを次のように述べています。

ある種の拒否感をともなった蔑称（「戦争加担者のくせにデカイツラしやがって」）であり、またある畏敬の念を含んでもおり（「生死の境をくぐり抜けてきた人びと」）、また同時に、一種のあわれみ（「不器用な世代」「戦争の犠牲者」）をも意味している。[*21]

その存在を、「戦無派」であるわれわれに知らしめるのは、彼らとの対面におけるある種の異和感、異物感である。彼らとの対面においてしばしば味わう「（われわれの世代を）わかって欲しい」と「わかるはずがない」の陰に陽にの繰り返し。傲慢さと不器用さ、自信のなさ。[*22]

これは《男たちの旅路》の陽平ら若いガードマンたちが吉岡司令補に対して抱く距離感や、《夫婦》の高村勝利が家族に対して抱く距離感と重なります。後で述べるように、戦後社会は、戦中世代を腫《は》れ物扱いしてきました。その反作用として、戦中世代の側も、死んだ仲間への想いと苦労を分かち合う機会を「同期の桜」共同体に求めたのです。

†定年退職と三三回忌

橋田壽賀子は《夫婦》の脚本を構想するときに「なんとなく、夫婦に就いてなにか出来ないかなあという気持ちがあり、殊《こと》に、特攻隊の生き残りが今年は停年になるという、我が亭主の話が妙に印象に残っていたので、停年の夫婦を柱にしたい」と考えました。[*23]

＊20　福間良明『「戦争体験」の戦後史―世代・教養・イデオロギー』中公新書、二〇〇九年。また「復員兵」だった父親の「矛盾しあう諸々の感情」について振り返った、蘭信三「「特攻による活入れ」という衝撃―「記憶の継承から遺志の継承へ」モデルの批判的検討」『戦争社会学研究』一巻、二〇一七年も参照。

＊21　高橋三郎他『新装版　共同研究・戦友会』インパクト出版会、二〇〇五年、一四四頁。

＊22　同書、二〇七頁。

＊23　橋田前掲記事、三三九頁。傍点引用者。

図表4　企業における定年制度の実態（単位:%）

	一律定年制の企業の割合	定年年齢（一律定年制＝100）		
		55歳以下	56～59歳	60歳以上
1968(昭43)	51.2	63.5	14.2	22.1
1974(昭49)	43.8	52.3	12.3	35.4
1980(昭55)	60.0	39.7	20.1	39.7
1985(昭60)	70.3	27.1	17.4	55.4

出典：厚生労働省「雇用管理調査」

「今年」とは一九七七年のことです。

戦中世代は、昭和五〇年代に二つの意味で節目を迎えます。ひとつは企業や役所の定年退職であり、もうひとつは死んだ仲間たちの三三回忌です。まずはこの事実関係をおさえたうえで、そこから派生する社会現象にも注目してみます。

現在広く採用されている六〇歳定年制は、「高年齢者等の雇用の安定等に関する法律」に法的な根拠をもちます。このなかの、定年を定める場合は六〇歳を下回ってはならないという規定（第八条）が、一九八六年の改正で努力義務化され、一九九四年の改正で義務化されたのです（一九九八年施行）。では努力義務以前の昭和五〇年代はどうだったか。

図表4からわかるのは、職種や役職に関係なく一律に定年年齢を適用する一律定年制が浸透してきて、かつ定年年齢は五五歳以下から六〇歳以上へと引き上げられてきた、ということです。だから六〇歳定年の努力義務化は、こうした以前からの趨《すう》勢《せい》を後押しするものだったといえます。昭和五〇年代前半はま

だ五五歳定年のほうが多数派でしたが、後半は六〇歳定年が逆転して多数派になります。両者がちょうど同じ割合になるのが一九八〇（昭和五五）年です。

その点に注意しながら戦中世代のコアの「決死の世代」（一九二〇〜二三年生）を基準にみていくと、一九七五（昭和五〇）年に一九二〇年生が五五歳に達したのを皮切りに、順次、定年を迎えていき、一九八三（昭和五八）年には一九二三年生が六〇歳に達し、「決死の世代」の定年退職が完了することになります。

「決死の世代」前後数年のコーホートをあわせた戦中世代の年齢の推移を**図表5**に示しました。こうして戦中世代は、昭和五〇年代のあいだに職場から姿を消したのです。

さて、現代の私たちは、昭和五〇年代を「戦後三〇年」と「戦後四〇年」で区切られた時期として捉えがちですが、当時の人びとにとって意味のある節目は別にありました。それが一九七七（昭和五二）年です。

この年は一九四五年の死者にとっては没後三二年目の「三三回忌」にあたり、仏教の回忌法要における「弔《とむら》い上げ」を意味します。[*24] 作家の神山圭介《かみやまけいすけ》は、特攻隊員だった亡兄の足跡

＊24　神道の式年祭では三〇年祭が「祀り上げ」の節目となる。なお五〇回忌、もしくは五〇年祭をそれぞれ「弔い上げ」「祀り上げ」とする考え方もある。

図表5　昭和50年代の戦中世代と戦後世代

生年	1945 昭20	1975 昭50	1976 昭51	1977 昭52	1978 昭53	1979 昭54	1980 昭55	1981 昭56	1982 昭57	1983 昭58	1984 昭59	同年生まれ
1917	28歳	58歳	59歳	60歳	61歳	62歳	63歳	64歳	65歳	66歳	67歳	島尾敏雄、芦田伸介**
1918	27歳	57歳	58歳	59歳	60歳	61歳	62歳	63歳	64歳	65歳	66歳	池部良*
1919	26歳	56歳	57歳	58歳	59歳	60歳	61歳	62歳	63歳	64歳	65歳	
1920	25歳	55歳	56歳	57歳	58歳	59歳	60歳	61歳	62歳	63歳	64歳	阿川弘之
1921	24歳	54歳	55歳	56歳	57歳	58歳	59歳	60歳	61歳	62歳	63歳	
1922	23歳	53歳	54歳	55歳	56歳	57歳	58歳	59歳	60歳	61歳	62歳	鶴見俊輔、橋川文三
1923	22歳	52歳	53歳	54歳	55歳	56歳	57歳	58歳	59歳	60歳	61歳	森岡清美、吉田満
1924	21歳	51歳	52歳	53歳	54歳	55歳	56歳	57歳	58歳	59歳	60歳	吉本隆明、鶴田浩二*
1925	20歳	50歳	51歳	52歳	53歳	54歳	55歳	56歳	57歳	58歳	59歳	三島由紀夫、橋田壽賀子**
1926	19歳	49歳	50歳	51歳	52歳	53歳	54歳	55歳	56歳	57歳	58歳	山岡久乃**
1927	18歳	48歳	49歳	50歳	51歳	52歳	53歳	54歳	55歳	56歳	57歳	城山三郎、神坂次郎
1934	11歳	41歳	42歳	43歳	44歳	45歳	46歳	47歳	48歳	49歳	50歳	山田太一*
1947	—	28歳	29歳	30歳	31歳	32歳	33歳	34歳	35歳	36歳	37歳	柴俊夫*
1948	—	27歳	28歳	29歳	30歳	31歳	32歳	33歳	34歳	35歳	36歳	篠田三郎**
1949	—	26歳	27歳	28歳	29歳	30歳	31歳	32歳	33歳	34歳	35歳	森田健作*
1950	—	25歳	26歳	27歳	28歳	29歳	30歳	31歳	32歳	33歳	34歳	
1951	—	24歳	25歳	26歳	27歳	28歳	29歳	30歳	31歳	32歳	33歳	桃井かおり*
1952	—	23歳	24歳	25歳	26歳	27歳	28歳	29歳	30歳	31歳	32歳	水谷豊*、清水健太郎*

*は『男たちの旅路』、**は『夫婦』の関係者

を辿って一九七六年下期の芥川賞候補に選ばれた小説『鴇色《ときいろ》の武勲詩』をこの節目に刊行しました。神山はそのあとがきにこう書いています。

私にとっては戦後三十年という区切りは別に意味はなく、日常的であるだけに三十三回忌と云われたほうが胸にこたえます。[*25]

これに合わせて、戦中世代の回顧ブームが到来しました。

特攻隊の生き残りでは、『文藝春秋』誌上では海軍予備学生で特攻体験をもつ島尾敏雄とフィリピンの第二〇一海軍航空隊の元特攻隊員を集めた座談会がおこなわれました。[*26] 宮田《みやた》昇《のぼる》『敗戦三十三回忌』もこの節目に予科練時代の記憶を掘り起こしながら当時の足跡を辿《たど》った記録です。[*27]

＊25　神山圭介『鴇色の武勲詩』文藝春秋、一九七七年、二二六頁。この小説は最初『文學界』一九七六年九月号に掲載され、第七六回芥川賞候補作品（一九七六年下期）に選ばれた。
＊26　島尾敏雄・吉田満『新編　特攻体験と戦後』中公文庫、二〇一四年。対談の初出は『文藝春秋』一九七七年八月号である。『文藝春秋』は翌九月号にフィリピンの第二〇一海軍航空隊の元特攻隊員を集めた座談会「特攻生き残り三二年目の証言」を掲載している。

三三回忌を最終年忌とするのは世代交代により生前の故人を記憶する肉親が少なくなるからですが、民俗的な祖霊信仰はそこに積極的な意味を加えました。

柳田國男《やなぎたくにお》の言葉を借りれば、「それから後は人間の私多き個身を棄て去って、先祖という一つの力強い霊体に融け込み、自由に家のために国の公のために、活躍し得るものともとは考えていた」[*28]ということになります。つまり「弔い上げ」とはホトケからカミになる節目なのです。むしろ、この民俗的な祖霊信仰のうえに、仏教や神道などの宗教儀礼が乗っていると考えたほうがよい。

ちなみに極東国際軍事裁判でA級戦犯として死刑判決を受けた七名が「昭和殉難者」として靖国神社に合祀《ごうし》されたのは一九七八年です。これは戦死者の三三回忌を済ませた翌年であり、一九四八年の刑の執行から数えると神道では三〇年祭のタイミングでした。

定年退職と三三回忌の重なりは、戦中世代のさまざまな活動を促しました。慰霊祭の開催や、慰霊碑の建立、遺骨収集などのほかに、戦争体験の記録化も進められました[*29]。一九七七年から八四年まで開催された「戦争展」(読売新聞大阪本社社会部主催)は連日の超満員で、「元兵士と遺族、元兵士と民間人、遺族と遺族、元兵士と元兵士といった数多くの出会いや再会」の場にもなったといいます[*30]。

昭和五〇年代とは、高度経済成長が終わり、戦後社会の来《こ》し方を反省する時期ですが、戦中世代にとっては現役を引退し、人生を振り返る時期でもあります。そこに戦死者の三三回忌が重なりました。それは死者の霊が「私多き個身を棄て去って、先祖という一つの力強い霊体に融け込」む節目です。死んだ仲間たちも、「同期の桜」共同体のなかの思い出から、より広く社会的に包摂される段階へと移行するチャンスだったともいえます。

しかしそうはならなかった。次項でみるように、「同期の桜」共同体の外に、死んだ仲間を受け入れてくれる場所はなかったのです。

†戦友会の活性化と「異端の神まつり」

戦中世代が明確な輪郭をもった存在として可視化されるのは、戦友会の活動においてです。戦友会とは「軍隊において戦闘経験や所属体験を共有した仲間が再び集まってつくった団体」です。最盛期には数千の戦友会が存在し、数十万から数百万という人びとが慰霊と親

＊27　宮田昇『敗戦三十三回忌―予科練の過去を歩く』みすず書房、二〇一一年。
＊28　柳田國男『先祖の話』五七節、角川ソフィア文庫、二〇一三年、一六一頁。
＊29　前掲『新装版　共同研究・戦友会』、三一二頁以下。吉田裕『兵士たちの戦後史』岩波書店、二〇一一年、二〇七頁。
＊30　前掲『戦友会研究ノート』、一八八頁。

睦のために集まりました。[31]敗戦時の軍人・軍属は陸海軍あわせて約七九〇万人いたので、「数百万」という数字は決して誇張ではありません。吉田裕《よしだひろし》は各種データを突き合わせて「戦友会結成のピークは、一九七一年から一九七五年、戦友会の活動の最盛期は、一九七六年から一九八〇年」と推定しています。[32]

つまり昭和五〇年代は、戦友会活動が最も活発な時期でもあったのです。

この時期、戦友会の靖国神社参会者数も増加の一途をたどっています。靖国神社のデータ[33]によれば、昭和四七（一九七二）年の八六三五人から、昭和五六（一九八一）年の一万四五一四人へと一〇年間で一・七倍に増加していますが、とくに昭和五二（一九七七）年の伸びが大きい。参拝した戦友会の数でみると、同じ期間に一九五から四〇三団体に増加していますが、やはり一九七七年だけ八二〇団体と顕著に多い。この参拝は、明らかに三三回忌にタイミングを合わせたものです。

活発な活動にもかかわらず、戦友会の存在は、戦後社会ではずっとタブーに近い領域とみなされており、「あるにはあるが見えないもの、したがってほぼ「ない」に等しいもの」[34]でした。《男たちの旅路》の吉岡も《夫婦》の高村も、これほど「死んだ仲間」のことを想っているのに、ドラマのなかでは戦友会には一切触れられません。この不自然さはタブーの存在によって説明できます。

《夫婦》の家族は高村が特攻隊の生き残りであることを知ってはいても、それ以上のことには無関心であり、したがって夫や父親がどのような想いを抱いて生きてきたかまで想像力が働かない。独身の吉岡よりも、家族持ちの高村のほうが、そのぶん孤独は深かったはずです。中年と若者が率直に言い合う《男たちの旅路》よりも、家族同士がすれ違う《夫婦》のほうがリアルだったといえます。

戦友会の成員と外部社会との関係については、『共同研究　戦友会』（一九八三）で詳しく分析されています。たとえば、高橋由典《たかはしよしのり》によれば、戦友会という集団は、たんに戦争体験の共有（「同期の桜」的な仲間意識）だけではなく、それが戦後社会という特定の歴史的文脈におかれてはじめて成り立つといいます。*35 戦後社会が、戦死を積極的に意味づけることなく、戦死者には冷淡な態度をとり続けるのであれば、死んだ仲間を想ってやれるのは自分たちしかいない。これを橋本満《はしもとみつる》は次のように言い換えています。

*31 同書、九頁。
*32 前掲『兵士たちの戦後史』、一四八頁。
*33 前掲『新装版　共同研究・戦友会』、二三七頁、図表一〇。
*34 前掲『戦友会研究ノート』、一八二〜一八三頁。
*35 前掲『新装版　共同研究・戦友会』、一三八〜一四一頁。

戦友たちは、戦後社会ではまつることのできない神をまつるために戦友会に集まる。戦死した戦友たちの魂は、戦後の社会がけっして勧進しない異端の神である。この神は、「講」的に組織されている閉ざされた戦友会においてだけ、現在の日本社会のなかではまつることができる。*36

こうした分析は、昭和五〇年代の戦中世代と戦後社会の関係を捉えるときの手がかりを与えてくれます。戦友会が「異端の神まつり」であるならば、想いを個人の胸にしまい込み、会社や家族の前では努めて抑制的にふるまう高村は、密かに信仰を守る「隠れキリシタン」ならぬ「隠れ戦友会」ということになります。

3節　特攻戦死者とともに生きた鶴田浩二

†「年齢的に、もうやれません」

昭和五〇年代には、特攻隊映画も重大な転機を迎えていました。

中村秀之《なかむらひでゆき》は特攻隊映画を網羅的に収集するなかで、ある「空白」に気づきました。それは「一九七五年から九二年までの一八年間に、制作され公開された劇場用の特攻隊映画はたった一本である」という事実です。[*37]

いわゆる撮影所時代のジャンルとしての特攻隊映画は、《最後の特攻隊》（一九七〇）を「実質的な最後の作品」として、またレイテ沖海戦三〇周年を記念して製作された《あゝ決戦航空隊》（一九七四）を「象徴的な大作」として終焉を迎えました。[*38] 昭和五〇年代に公開された「たった一本」とは、一九七九年公開の《英霊たちの応援歌　最後の早慶戦》であり、[*39] その後は一九九三年公開の《月光の夏》までありません。

もちろん戦争や軍隊を扱った作品はいくつもありますが、「特攻隊を主題とする劇場用の長編映画」（中村）となると製作されていないのです。

この「空白」の理由について、中村は説明を保留していますが、ここでは特攻隊映画のスターだった鶴田浩二の「加齢」という観点から考えてみます。

＊36　同書、二九七頁。
＊37　中村秀之『特攻隊映画の系譜学—敗戦日本の哀悼劇』岩波書店、二〇一七年、一一頁。
＊38　同書、二二八～二二九頁。
＊39　映画《英霊たちの応援歌》の原作は神山圭介の同題の小説（文藝春秋、一九七八年）である。

佐藤純弥監督《最後の特攻隊》DVD（東映、2014年）

鶴田浩二は一九二四年一二月生まれで、一九四四年に関西大学専門部に入学後、すぐに学徒出陣で海兵団に入団、海軍航空隊にて終戦を迎えました。戦後、映画俳優としてメディアの取材を受けるたびに、特攻隊で待機しながら仲間の出撃を見送った経験を繰り返し語ってきました。ところが鶴田自身の証言には曖昧な点が多く、それを裏付ける証拠や証人も存在しないことから、軍歴詐称疑惑が取り沙汰されたりもしました。海軍予備学生OBのあいだでは、彼は特攻隊員ではなく航空隊の整備兵だったのではないかとみられていました。*40

けれども、映画や軍歌などのメディア的な演出に加えて、後述するように戦死者の慰霊行事や遺骨収集事業への真摯な取り組みも手伝って、公私の別なく「特攻隊の生き残り」の物語を生きることになります。特攻隊映画全盛期の頃には高倉健や梅宮辰夫《うめみやたつお》、松方弘樹《まつかたひろき》なども主役級で何度も出演していますが、そのなかでも鶴田浩二は別格といってよい存在感があるのです。後で述べるように、鶴田が身にまとう「特攻隊の生き残り」イメージを積極的に活かしたドラマ作品が《男たちの旅路》なのでした。

鶴田浩二は一九五三年から七四年に制作された特攻隊映画一八本のうち八本に出演してお

り、昭和四〇年代には特攻隊映画のスターの地位を確立していました。《最後の特攻隊》が「最後」と謳っているのは、物語が一九四五年八月一五日の出撃を扱っているからですが、鶴田自身にとっても、この作品を「最後」に特攻隊映画から卒業するつもりでした。映画公開前の新聞のインタビューにこう答えています。*41

「年齢的に、第一線の行動員《ママ》はもうこれからはやれません。かといって、佐官、将官のおえらがたは、どうしてもやりたくないんですよ」
「ぼくらを動かした側の人間、職業軍人のおえらがたにはなりたくない。(略)戦争で死んで行ったぼくの先輩や仲間たち、彼らは靖国神社に眠っているけれども、口はきけない。とすると、生き残ったぼくらが代弁をする義務がある」

*40　保阪正康「「特攻神話」を生きた男―鶴田浩二小伝」、『天皇が十九人いた』角川文庫、二〇〇一年、二九七頁。保阪によれば、海軍予備学生の名簿は戦後に自己申告で作成され、また厚生省援護局にある軍歴票も、予備学生のような準軍人の場合は軍人恩給のため申請主義をとっている。鶴田（本名小野栄一）はこれらに申告・申請をしていなかった。

*41　『読売新聞』一九七〇年一〇月二四日夕刊、見出しは「軍人役これでさよなら　「最後の特攻隊」に出演　青年士官はムリ　ぼくの出演は物言えぬ戦士の代弁」。

図表6　特攻戦死者における将校の階級構成

階級	陸軍		海軍	
	人数	現役	人数	現役
少佐	4	3	1	1
大尉	27	26	49	45
中尉	57	57	313	96
少尉	504	91	453	6
見習士官・少尉候補生	5	0	29	0
（小計）	(597)	(177)	(845)	(148)
准士官・下士官・兵	730	―	1771	―
計	1327	177	2616	148

出典：山口宗之『陸軍と海軍―陸海軍将校史の研究』清文堂出版、2000年、第Ⅰ・Ⅲ表より作成

《最後の特攻隊》で満四五歳の鶴田が演じた宗方大尉は、歴戦の勇士にして特攻隊を掩護《えんご》する直掩《ちょくえん》隊の指揮官（隊長）です。二八歳のときの《雲ながるる果てに》（一九五三）では大滝中尉、三一歳のときの《殉愛》（一九五六）では伊東少尉を演じましたが、いずれも海軍飛行予備学生出身の特攻隊員の役でした（一三期なら中尉、一四期なら少尉）。

三〇代後半以降の鶴田が演じたのは、分隊長として予科練や予備学生の教育にあたり、教え子たちの特攻隊を率いる隊長役が多く、作中の階級は少佐または大尉でした。*42

実際の歴史はどうだったか。特攻戦死者の階級構成をみると、陸海軍ともにほとんどが大尉以下です（図表6）。

将校のうち「現役」は陸軍士官学校や海軍兵学校出身の職業軍人で、「人数」から「現役」を除いたのが予備役で、ここには陸軍特別操縦見習士官や海軍予備学生などが含まれます。特攻戦死者のうち陸軍少尉と海軍中少尉の大多数が学徒出身の予備士官でした。年齢は三〇

代前半までで（ボリュームゾーンは一九歳から二四歳、つまり一九二一～二六年生）、四〇歳以上は一人もいません。[*43]

制度上は、現役士官には階級ごとに年齢制限（現役定限年齢）が定められていました。海軍では、たとえば少佐は四七歳、大尉は四五歳、中少尉は四〇歳までです。[*44] だから四五歳という鶴田の実年齢は、飛行服を着て部下を率いて戦う「青年士官」役としてはギリギリの上限だったわけです。佐官級の高級将校の役となれば、各航空隊司令部で特攻隊を編成し出撃を命令する側になります。「年齢的にもうやれない」という鶴田の言葉の背景にはこうした事情もあったのではないでしょうか。

《男たちの旅路》の鶴田演じる吉岡司令補の「司令補」も、作中の警備会社では警備員を率

＊42　《南太平洋波高し》（一九六二）の大国少佐（予備学生の飛行科教官時代は大尉）、《あゝ同期の桜》（一九六七）の陣之内大尉、《あゝ予科練》（一九六八）の桂大尉（出撃時は少佐）はいずれも特攻隊の指揮官として戦死、《人間魚雷　あゝ回天特別攻撃隊》（一九六八）の大里大尉は人間魚雷の考案者で回天搭乗訓練中の事故で殉職。

＊43　前掲『陸軍と海軍』、二一〇頁、第Ⅱ表参照。特攻戦死者の最高齢は、陸軍三三歳（一九一二年生）、海軍三五歳（一九一〇年生）である。

＊44　海軍武官服役令第八条（昭和五年改正）による。陸軍では、少佐五〇歳、大尉四八歳、中少尉四五歳（陸軍武官服役令）。

いて現場をまとめる階級です。ちなみに、消防組織における消防司令補は、現場の消防隊・救急隊・はしご隊・救助隊など小隊を指揮する隊長を務めます。これは警察では警部補、軍隊では中少尉に相当します。

†「死出の旅で迷い子にならぬよう」

さて、《最後の特攻隊》の宗方大尉（鶴田浩二）は直掩隊の指揮官として、敵艦上空まで特攻隊を掩護します。特攻隊指揮官の矢代中尉（高倉健）は、敵の攻撃で両眼を負傷しますが、横にピタリと寄り添った宗方機からの無線電話による誘導により敵艦への壮烈な突入を果たす。帰還した宗方大尉は日本が降伏したことを知るや、ひとり零戦に乗り込み夕陽の彼方に消えていった……[*45]。

敗戦が確定した以上、この「出撃」は作戦行動としては無意味です。もちろん上官からの命令でもないし、若者を死なせた責任を取るためでもありません。考えられるのは、死んだ仲間たちへの殉死《じゅんし》です。ただ、殉死というのは一般に、死んだ主君の後を追って臣下が死ぬことなので、この場合は立場が逆転しています。死にに行く部下のために上司が命を差し出すからです。どういうことか。

この奇妙にも見える「殉死」の意味を、特攻隊映画のなかで鶴田に期待された役割に着目しながら考察してみます。

中村秀之は鶴田浩二が特攻隊映画という「ジャンルのイコノグラフィーで特権的な位置を占めた」理由を、「その定型が隊員の内面の葛藤に焦点を合わせた」点に求めています。鶴田は、任侠映画においても「共同体の規範を肉体的に内面化し、深く複雑な葛藤の果てにその肉体を内破させるようなヒーロー」だったからです。特攻隊員の内面の葛藤とは、典型的には、死への覚悟と生への未練の葛藤でしょう。

ところが、意外かもしれませんが、鶴田浩二が、一人の特攻隊員として「同期の桜」とともに戦死する役は、最初の《雲ながるる果てに》だけなのです。海軍飛行予備学生に志願した以上、もとより死は覚悟のうえである。しかし両親や恋人との別れは肺腑をえぐるほどつらい。鶴田演じる大滝中尉が、最後、生への未練を断ち切るのは、一緒に出撃する仲間たちとの「死のコンボイ」の連帯感によってでした。これは森岡清美の分析と符合します。

それに対して《南太平洋波高し》《あゝ同期の桜》《あゝ予科練》では、可愛い教え子や部

*45 ラストシーンだけカラーになる。あらすじ解説等では宗方大尉が飛び立ったのは「一六日未明」とされているが、午後に帰還して敗戦の事実を知り、茫然と立ち尽くし、声をかけてきた上官に別れを告げて整備兵の制止を振り切って飛び立つので、夕方(日没前)と考えるのが自然である。

下を率いて自らも突入する隊長でした。私は、この隊長役こそが鶴田浩二を特攻隊映画において スター以上の象徴的存在にしたと考えます。

各作品の鶴田隊長の決め台詞を見てください（当時の満年齢も記す）。

「特攻隊で大国〔自分〕を行かせてください。隊員の大部分は私が手塩にかけて育ててきたかわいいやつらです。死出の旅で迷い子にならぬよう大国が手を引いて三途の川を渡してやりましょう」（《南太平洋波高し》大国大尉→少佐・三七歳）

「特攻として死んで行く者の気持ちは、同じ行く者でなくちゃ、分かりはしない」〔剣持大尉＝高倉健を特攻隊から外したのは〕俺の死に水を取ってもらうためである。俺にしろ予備士官の連中にしろ、誰か一人自分を知ってくれる奴に最期を看取ってもらいたいもんだ」（《あゝ同期の桜》陣之内大尉・四二歳）

「〔特攻隊員の名簿を見て〕司令、もう一人加えていただきます。私も参ります。自ら先頭に立たないで、どうして部下に突入を命ぜられる。出撃する以上、せめて敵艦には命中させてやりたい」（《あゝ予科練》桂大尉→少佐・四三歳）

自分は死を前提とした特攻作戦には反対である。しかし上からの命令は絶対であり、教え子や部下が特攻隊員になってしまった（これは自分にはどうにもならない）。ならば彼らだけを行かせるのではなく自ら先頭に立って「死出の旅」を導いてやろう。安全地帯から命令を下すだけの「おえらがた」とは一線を画し、自ら危険に身を晒して立場の弱い者（教え子や部下）を守ろうとする……。

これが特攻出撃に対する鶴田なりの筋の通し方なのです。自らも死と生の葛藤を抱えていたはずですが、鶴田隊長の場合、それを克服するのは「同期の桜」的な死のコンボイではなく、教え子や部下を守り通す――いわば任侠的な――自己犠牲なのです。[*46]

出撃の直前、鶴田隊長は部下たちに最後の言葉をかけます。

「どんなことがあっても編隊を崩すな。安心して俺についてこい！」

＊46　この時期の特攻隊映画における任侠的な演出の具体的な分析については、福間良明『殉国と反逆――「特攻」の語りの戦後史』青弓社、二〇〇七年、一〇七頁以下も参照。

本来なら、「任侠的な自己犠牲」などを持ち出すまでもなく、「指揮官先頭、率先垂範」こそが帝国海軍の伝統だったはずです。その意味でも戦争末期の特攻作戦は堕落そのものです。戦争末期に大量採用した予科練や予備学生のような練度の低い将兵を盾にしながら、戦後まで生き延びた「おえらがた」は多かったからです。鶴田が演じた任侠的な隊長像には、そうした軍上層部への義憤と抗議も込められていました。

さて、「職業軍人のおえらがたにはなりたくない」と語った四五歳の鶴田でしたが、その後、特攻作戦の責任者の役を引き受けることになります。

四九歳のときの《あゝ決戦航空隊》(一九七四)では「特攻生みの親」で第一航空艦隊司令長官としてフィリピンと台湾での航空特攻作戦を指揮した大西瀧治郎海軍中将を、五六歳のときの《連合艦隊》(一九八一)では第二艦隊司令長官として戦艦大和の海上特攻を指揮した伊藤整一《いとうせいいち》海軍中将を演じました(特別出演)。

大西中将も伊藤中将も享年五四歳。どちらも客観的な状況から特攻作戦を受け入れましたが、多くの若い将兵を死なせた代償に自らの命を差し出した指導者です。とくに大西瀧治郎役では切腹で血まみれになりながら特攻戦死者に詫《わ》びるという壮絶な最期を遂げました。*47

以下は私の仮説ですが、鶴田浩二はある時期から、教え子や部下の死出の旅に同伴した隊長役に自らを重ねて、特攻隊映画への出演を意味づけるようになったのではないか。

青年士官の隊長役が難しい年齢になってからは、特攻作戦を指導した司令長官の役を引き受けますが、これも特攻戦死者に殉じて「死ぬ」ためです。結局、鶴田は出演したすべての特攻隊映画（《連合艦隊》を含めると九本）において死んだことになります。

このような映画俳優は鶴田以外にいません。

†「生き残ったぼくらが代弁をする義務がある」

《最後の特攻隊》公開前のインタビューで鶴田浩二はこう語っていました。「彼らは靖国神社に眠っているけれども、口はきけない。とすると、生き残ったぼくらが代弁をする義務がある」。それが特攻隊映画に出演してきた動機だと。

鶴田が自らに課した「代弁する義務」は映画出演に限定されませんでした。

一九七〇年に青年士官役を卒業した後も、死んだ仲間に心を寄せる行動を求めて、映画の外の世界に積極的に出ていきます。当時の出演作品数でいえば、任侠

＊47　鶴田は役作りのために原作の草柳大蔵『特攻の思想―大西瀧治郎伝』を読み込み、後に文春文庫版（一九八三年）の解説を執筆している。

山下耕作監督《あゝ決戦航空隊》DVD（東映、2014年）

もののほうが圧倒的に多いのですが、[*48] 実生活や社会活動では「特攻隊の生き残り」というアイデンティティがますます強まっていました。

きっかけのひとつは、一九六七年六月公開の《あゝ同期の桜》への出演でした。

原作は海軍第十四期会編の遺稿集『あゝ同期の桜―かえらざる青春の手記』（一九六六）であり、これが話題となりテレビドラマ化や映画化につながりました。出版による印税とテレビ・映画からの収入をもとに、映画公開から二カ月後の八月に、高野山奥の院の大圓院墓地に第十四期海軍飛行予備学生の慰霊塔「あゝ同期の桜の塔」が建立されます（戦後二三回忌）。

このような縁から鶴田は第十四期会の関係者と親交を深め、毎年九月に高野山で開催される第十四期会の慰霊行事にも参加するようになります。[*49] 自費でバンドを同伴して軍歌を熱唱

鶴田浩二《あゝ軍歌》（ビクター）のCDジャケット4点

する鶴田浩二歌謡ショーは前夜祭の恒例行事となり、一九八五年まで続きました。

一九六九年八月、テレビ番組《あゝ戦友　あゝ軍歌》（東京12チャンネル）の第一回にゲスト出演し、「同期の桜」を歌いました。[*50] 一九七〇年にはシングルレコード「同期の桜」を発売、権利の関係で西条八十作詞の歌が歌えない代わりに、特攻隊員の手記の形式をとった台詞が収録されました。台詞は次の一文で締めくくられています。[*51]

海軍少尉、小野栄一、身長五尺七寸、体重十七貫五百、極めてケンコウ。

「小野栄一」は鶴田浩二の本名です。これは初めての特攻隊映画《雲ながるる果てに》で鶴

*48　「鶴田の主演するヤクザ映画は、高度成長の波とオイルショックでの停滞、それに全共闘運動の盛りあがりと見事なほど符節があっていた。昭和四十年十三本、四十一年十三本、四十二年十六本、四十三年十四本、四十四年八本、四十五年九本、四十六年十本、四十七年八本、そして四十八年になるとわずか一本になってしまった」（保阪前掲『天皇が十九人いた』、二九九頁）。

*49　海軍飛行専修予備学生第十四期会編『海軍第十四期会報縮刷版　昭和四十三年─平成元年』一九九〇年を参照のこと。

*50　東京１２チャンネル編『あゝ戦友あゝ軍歌』東京十二音楽出版、一九七一年、一二～一九頁。

*51　鶴田浩二《あゝ軍歌》ＣＤ所収「同期の桜（台詞のみ）」の歌詞カードを参照。

田が演じた大滝中尉が、両親に宛てて書いた遺書の末文「海軍中尉　大滝正男　身長五尺六寸　体重十七貫五百　きわめて健康[52]」を自身の本名で上書きしたものです。「映画俳優・鶴田浩二」と「海軍少尉・小野栄一」はコインの表と裏のように一体化していきます。鶴田が軍服を着て歌う映像や写真をみると、襟や肩の階級章は大尉または中尉をあらわしており、若い特攻隊員を率いる青年士官の姿です。

一九七一年一〇月一八日に「戦没者遺骨収集促進団体協議会」が結成総会を開催、発起人五一人のなかに鶴田浩二の名前もありました[53]。政府の遺骨収集事業が一九七二年度で打ち切ることになっていたので[54]、「厚生省にカツを入れる」べく結成されたのです。翌一一月二二日、鶴田は新宿の東京厚生年金会館にて戦没者遺骨収集基金チャリティーショーを開催、収益金は同協議会に寄付しました。それを含め七回もチャリティーショーを開いて、収益金六九〇万円を遺骨収集事業に寄付したことが評価され、一九七五年五月には田中正巳厚生大臣から感謝状が渡されました[55]。

なお、海軍第十四期飛行予備学生の「聖地」高野山大圓院には鶴田浩二の位牌と墓碑があり、墓碑は「あゝ同期の桜の塔」のすぐ隣にあります（鶴田の墓は鎌倉と高野山の二か所にある）。すでに一九七二年には大圓院の住職・藤田光幢（第一四期生）に戒名「鶴峰院栄誉誠純悟道大居士」をつけてもらっていました。

4節　戦後日本の理想と戦中世代の情念

†「主演・鶴田浩二」を前提に構想されたドラマ

《男たちの旅路》はもともと「主演・鶴田浩二」から構想された企画でした。[*56]
NHKの近藤晋プロデューサーが脚本家の山田太一に「土曜ドラマ」を任せたときの条件は、鶴田浩二を主役に配することだけ。けれども当時、鶴田とNHKのあいだには確執があ

*52　映画《雲ながるる果てに》の大滝中尉の遺書の朗読に付けられた字幕を参照。
*53　『読売新聞』一九七一年十月十八日。
*54　厚生省による遺骨収集団の派遣計画は一九七二年度に終了する計画だったが、一九七二年一月のグアム島における横井庄一氏の「発見」を機に、未帰還の遺骨に対する国民の関心が高まったのを受けて、民間団体の協力をえつつ予算を大幅に増額して、一九七三年度から七五年度までの新しい計画が立てられた（浜井和史『戦没者遺骨収集と戦後日本』吉川弘文館、二〇二一年、一九九頁）。
*55　さらに「昭和四十六年、新宿・厚生年金会館を皮切りに、日本中の各地で開催し、亡くなるまでの十五年間に、その額は五千万円を超えた」（杉井輝応『鶴田浩二』セイント・ワークス、一九九七年、六五頁）。
*56　《男たちの旅路》の成立経緯については、近藤前掲『プロデューサーの旅路』、一六九～一七四頁、山田太一「第1部スタートのころ」前掲DVDパンフレット所収、山田太一「復刊によせて　うしろに沢山の人がいた」前掲書所収、などを参照。

りました。鶴田には「傷だらけの人生」（一九七〇）というヒット曲がありましたが、やくざをイメージさせる歌詞がＮＨＫで問題になり放送禁止歌に指定されたからです。それ以来、鶴田はＮＨＫとは絶縁状態だったので、ドラマ主演のオファーにもすぐには承諾しない。

そこで山田は近藤と一緒に鶴田の自宅を訪れます。

鶴田は「同期の桜」の歌詞の書かれた大ぶりの湯飲みを前に置いて、次のような内容を「息もつがせず三時間」一方的に語り続けたのでした。

戦争末期の神風特攻隊の、帰りのガソリンは積まずに敵の艦隊に突っ込んで死ぬ以外に道がない兵士を何機も何機も見送った体験を話し、自分も明日をも知れなかった、しかし逃げ出したかったというのではない。死ぬ覚悟はできていた。だったら戦争賛成だったかなどとバカなことをいう若い奴がいる。戦争はやりはじめたらそんなものじゃない。自国がどんどん空爆を受けて敗北歴然の時に、どうして抵抗せずにいられるか。どうして自分だけ助かろうなどと思えるか。

三〇年前に死んだ仲間たちのことをここまで強く思い続けられるものなのか。山田は、鶴田が特攻隊映画に出演していたことは知っていましたが、目の前で繰り広げられる「特攻隊の生き残り」の語りに圧倒されてしまいます。

この戦中世代の情念をドラマで活かしたい。「これをベースにしますよ。いいですか」と山田は近藤に念を押して、さっそく主人公の人物造形を始めます。

戦後の平和や繁栄から距離を置き、悼む気持は少しも見せずに妻を持たず、バカじゃなくて静かで強い男——鶴田さんならその上美しい男も可能だと、どしどし思いがふくらんだのを思い出します。

鶴田浩二の魅力を引き出すためには「制服」がいい。警察官が主役で活躍する話はNHKでは難しいから、ガードマンはどうかという話になります。[*57] ガードマンという職業設定について、近藤プロデューサーは「雇い主側との癒着をさけるため、一カ月単位で職場の変わる〝都会のさすらい族〟で、劇的設定が作りやすいこと」を第一の理由に挙げています。

＊57　山田太一・中村克史「対談：『男たちの旅路』を終えて」山田太一『ＮＨＫテレビ・シナリオ　男たちの旅路──傑作選』日本放送出版協会、一九八二年、二七二頁。

当時の大衆メディア文化においてガードマンといえば、人気番組《東京警備指令 ザ・ガードマン》(TBS、一九六五〜一九七一年放送)によって、凶悪犯罪に派手なアクションで挑む「恰好よい」イメージが先行していました。そこで、あえて「実態は逮捕権も捜査権もない、「じっと我慢の仕事」で人間性が出やすい」ことを重視したのです。だから、主人公の職業をガードマンにした理由は、当初は、戦後日本の理想や平和主義の暗喩などではなかったのです。

鶴田本人も、山田と話し合いながら、自分の納得がいくドラマになりそうだと手ごたえを感じました。所属先の東映のプロデューサー俊藤浩滋に「これはほんまに自分のことを考えてくれてる企画や」と初めて自分から出たいと話しました。

第一話の台本を読み終えた鶴田は、家族にこう話しています。《雲ながるる果てに》の台本を最初に読んだときの感じを思い出した、と。[*58] あのとき撮影所に向かう電車内で台本を読むうちに涙が止まらなくて困ったのでした。

そしてガードマンという職業についても資料を集めて熱心に研究し、初稽古には台詞を完璧に覚えて臨んだといいます。

「特攻隊の生き残り・吉岡司令補」はもともと鶴田自身の語りから造形されたキャラクターだったから、鶴田にとって吉岡は自分の分身のように愛着を感じたのでしょう。

†山田太一はなぜ吉岡司令補を「解体」しようとしたのか？

こうして《男たちの旅路》はキャストと舞台設定が決まり、三話分の脚本が書かれ、撮影が開始されます。

第一部は一九七六年二月から三月にかけて三週連続で放送されました。視聴者からの反響を確かめながら、第二部も制作されました（一九七七年二月放送）。視聴者から寄せられた手紙や葉書は、第二部が終わる頃には相当な量になり、ガリ版刷りの分厚い二冊の本にして関係者に配られました。

その時点では、第三部以降をどうするかは何も決まっていませんでした。「劇的設定が作りやすい」という当初の目論見通り、さまざまな場所でさまざまな人と出会うガードマンは、ドラマが生まれやすい職業設定です。近藤と交代した沼野プロデューサーも「なんでも書いて下さい。実現しちゃうから」と背中を押してくれます。だからその気になればいくらでも続けられそうでした。

ところが、山田はこの人気シリーズを第三部で打ち切ることを決意します。その具体的な

＊58　カーロン愛弓『父・鶴田浩二』新潮社、二〇〇〇年、一一三頁。

理由や経緯が明かされるのは最後のスペシャル回が終わってからでした。
一九八五年刊行の作品集のあとがきによれば、第二部までの反響の大きさに臆病になってしまったという。「凋落が怖くて、先手を打っていい時にやめてしまおう」と考えた。「で、これでやめる、といい出してしまった」。それで第三部第三話の「別離」は、シリーズに終止符を打つために第二部放送の後で構想されました。
問題はどうやって終わらせるかです。驚くべきことに、山田は、あれほど人気のあった吉岡司令補というキャラクターの「解体」を試みたというのです。

この第三部の最後、吉岡晋太郎は解体してしまう。もうドラマのテーマに関わることで利いた風なこともいえず、若い女に溺れて行方不明になってしまう。これではシリーズを続けようがない。そんなプランを口にした。

死んだ仲間への義理立ては吉岡の人生を貫く信条です。それを奪われれば抜け殻になってしまう。吉岡の名誉のために言っておけば、「若い女に溺れて」とあるのは不正確です。実際は、自殺未遂から助けた（第一部第一話）縁で警備会社に転職して吉岡の部下になった悦子（桃井《ももい》かおり）が不治の病にかかり、心配して手を差し伸べた吉岡に自分の想いを涙ながらに告白するのです。目をかけてきた部下の女性の病と涙を動員してまで、吉岡を「溺れ」させようというのですから、よほどのことです。

その背景について、ノンフィクション作家の保阪正康《ほさかまさやす》は一九八七年の評論で、山田が説明したのとは別の事情を明らかにしています。[*59]

> この連作ドラマが始まって三年《ママ》ほど経って、山田の耳に鶴田が吉岡の心情を己れのものとし、急に靖国神社にでかけたりという言動が目立ち始めたというニュースがはいってきた。ドラマのなかの一人物を現実のものとしているかのようだった。山田にとって、鶴田がどのような言動をとろうとかまわないが、吉岡の延長で動くのは困ったことだった。そのために、吉岡が若い女に溺れて、周りから批判され、ガードマンを辞めてしまう新たな脚本をつくった。

この保阪の記述には補足が必要です。

第三部の制作は一九七七年だから、連作ドラマが始まって「三年ほど経って」は間違いで

*59　保阪前掲『天皇が十九人いた』、三〇二頁。初出は『別冊文藝春秋』一九八七年一八一号。

「一年ほど経って」が正しい。また「鶴田が吉岡の心情を己れのものとし」「吉岡の延長で動く」かに見えたとしても、事実はその逆です。先に確認したように、吉岡司令補というキャラクターは鶴田の「特攻隊の生き残り」の情念をベースに造形され、鶴田の心情を代弁し、鶴田の延長で動いていたからです。

だから「急に靖国神社にでかけたり」も事実に反する。「急に」どころか、以前から頻繁に詣でていました。[*60] 死んだ仲間への想いは口先だけでなく、海軍予備学生の慰霊行事での歌謡ショーや遺骨収集事業のためのチャリティーショーに及んでいました。これらはすべてドラマの前からであり、周知の事実でもありました。

しかし保阪によるこの「鶴田の右傾化」説は全くの的外れだったわけではありません。じつは決定的な証拠があります。一九八二年のスペシャル回放送のすぐ後に、山田と中村克史（NHKドラマ部）が《男たちの旅路》を振り返る対談をおこなっています。それによれば、鶴田＝吉岡は非常に一貫した人物なので、彼自身は変化していないが、彼を受容する社会的文脈のほうが変化したのだというのです。[*61]

こういうことです。鶴田＝吉岡の生き方や考え方が、政治的に利用されやすい社会状況になっている。「それ〔鶴田の硬派な態度〕が社会的に変な機能のしかたをすることはとてもいやだと思いました。非常に傍系の異端であった吉岡が、だんだん主流になってきたというこわさ」を抱いた。そうした「恐れ」から、「吉岡の自己否定を書かなければ」「引き際をちゃんとしなければ」という切迫感が高まってきた。

つまり「鶴田の右傾化」というよりは「社会の右傾化」を危惧するがゆえの「吉岡の自己否定」だったというのです。

山田自身は具体的に言及していませんが、《男たちの旅路》第一部放送の三カ月後、一九七六年六月に「英霊にこたえる会」が設立され、鶴田浩二は「参与」に名前を連ねています。[*62] 鶴田にとってはそれまでの活動の延長上にありましたが、山田にはそれが「吉岡司令補」が政治利用されているように見えたのでしょう。

＊60　一九七〇年発売のLPレコード「あゝ軍歌／鶴田浩二〜戦友よ安らかに〜」の楽曲解説文（八巻明彦）には「年に一度、十月十五日と日を決めて、靖国神社で同期生と出逢うことにしているのは、鶴田浩二自身の慣わしです。年ごとに参加者の数は減っても、これだけは生涯つづけるのだ——といい切ります」とある（CD版解説を参照）。

＊61　山田・中村前掲「対談：『男たちの旅路』を終えて」、二七五〜二七七頁。

＊62　『英霊にこたえる会たより』一号、一九七七年三月二五日、三頁。『たより』バックナンバーは、英霊にこたえる会のホームページから全部閲覧できる。なお「参与」には各界の著名人六〇余名が名を連ね、俳優では鶴田のほかに池部良の名前もある。池部も《男たちの旅路》では警備会社社長の役で出演しており、吉岡司令補の上司であるだけでなく海軍時代は上官だったという設定である。

一人でも多くの国民に知っていただくため、マスコミを利用して広報に努めています。

これは12月の週刊誌に掲載したものです。毎月趣向を変えて掲載します。

故国のため、戦場に散った同世代の人たちを思うとじっとしておれない。

今の日本のみせかけの平和が気に入らない。純粋に国のために死んだ靖国のみたまに対し、公式参拝もできないのに、戦後は終ったと言えるだろうか。英霊に祈る――戦争体験者である私の感傷だけでは済まされない。

靖国神社に1日も早く公式参拝を！

わが国の英霊がねむる靖国神社には戦後1度も国として慰霊が行われていません。今こそ、すなおな祈りの輪をひろげ、公式参拝を実現させましょう。

英霊にこたえる会
意見広告

『英霊にこたえる会たより』（10号、1980年12月）より、同会の意見広告

実際にも、「死んだ仲間」をめぐる社会的文脈が変化していたのは事実です。その背景には靖国神社国家護持運動の挫折と転換があります。この運動は日本遺族会や神社本庁が中心となり一部の戦友会組織も合流して「国民運動」を標榜して行われてきました。けれども一九六九年から七四年にかけて国会に上程された靖国神社法案は五回とも廃案になり、自民党は法制化を断念してしまいます。それを受けて設立されたのが「英霊にこたえる会」なのです。それは靖国神社国家護持から首相の公式参拝へと目標を転換して、国民運動の再建を図るものでした。*63

以上のことから推測するならば、鶴田浩二が吉岡司令補の役を通して、世間に無視できない影響を及ぼしつつあったことは確かなことと思われます。登場人物のドラマ内での言動は制御できますが、吉岡司令補と鶴田浩二が重なるところに生まれる相乗効果までは想定外だったということでしょう。山田太一は、鶴田＝吉岡の一体化したキャラクターが、脚本家の意図を超えて独り歩きし始めたことに――そしてそれに政治的な意味を付与する社会に――恐れを抱いたのです。

†「俺は五十代の人間には責任があると思うね」

結局は、反響の大きさや視聴率の高さを重くみたＮＨＫ側に説得され、また身体障害者との交際から新しいテーマへの意欲が湧いてきたこともあり、二年後に第四部（一九七九年一一月放送）を制作することになります。

元部下の陽平が、失踪《しっそう》した吉岡を探しに北海道の根室を訪れる。陽平は東京に帰りたくないと弱気の吉岡を説教する。形勢逆転です。

「特攻隊で死んだ友達を忘れねえとかなんとか、散々格好いい事を言って、それだけで消えちまっていいんですか？（略）気がついたら、国中が戦争やる気になっていたとかさ、そういう風に、どんな風にしてなって行くのか、そういう事、司令補まだ、なんにも言わねえじゃねえか（略）そうじゃないとよ、俺たち、戦争ってエのは、本当のところ、それほどひどいもんじゃねえのかもしれない、案外、勇ましくて、いい事いっぱいあるのかもしれないなんて、思っちゃうよ。（略）それでもいいんですか？　俺は五十代の人

＊63　前掲『兵士たちの戦後史』、一五〇～一五二頁。

間には責任があると思うね」

これは鶴田＝吉岡を牽制《けんせい》する山田太一のメッセージでもあり、第四部の一年三カ月後に放送されたスペシャル回「戦場は遙かになりて」の暴力というテーマを予告してもいます。鶴田は最後まで台詞に注文をつけることはありませんでしたが、自分の信条が批判されていると感じたようです。それを推測させるエピソードを保阪正康が紹介しています。

それでも親しい友人には、「山田君にいじめられているよ」と話しているときいた。連作シリーズが終わったあとのパーティで、鶴田は、「山田君の台詞は非常に覚えにくい」と初めて苦情をいった。台詞を覚えるのは映画界でも三本の指にはいるスターだったのに、山田の台詞には、ときに鶴田の神経を逆撫でするような意味がこもっていたといいたかったのかもしれない。

この「いじめられている」エピソードは関係者を介して山田太一の耳にも入ったようで、二〇〇二年に発売されたＤＶＤのパンフレットで次のように釈明しています。*64 保阪と表現がよく似ているので、彼の文章を目にしていた可能性もあります。

> ほんの数ヶ月前、鶴田浩二さんと交際のあった人から、この「戦場は遥《ママ》かになりて」の撮影のころ「山田にいじめられているよ」と鶴田さんがおっしゃっていたと聞いた。大スターを私如きがいじめることなど出来るわけもないが、この作品のメッセージが鶴田さんには幾分あてこすりのように感じられたのかもしれない。（略）繊細な鶴田さんは、この脚本のどこかに、自分への批評を感じられたのかもしれない。

山田の釈明のとおりなら、まさか自分の脚本に対して鶴田が「あてこすり」「批評」を感じていたとは想像もしなかった、ということになります。

しかしこれはおかしい。前項で確認したように、スペシャル回のすぐ後に山田は「吉岡の自己否定」のために脚本を書いたと明かしています。ということは、二〇年のときを経て記憶に修正が施されたか、あるいは「吉岡の自己否定」の意図があった事実を打ち消したかった、どちらかでしょう。

ともかく、脚本家・山田太一の構想した「戦後日本の理想」と、俳優・鶴田浩二が体現す

＊64　山田前掲「加齢の輝き」。傍点原文。

る「戦中世代の情念」の緊張関係は――鶴田＝吉岡に政治的な意味をもたせる社会的文脈の変化を背景として――次第に大きくなり、ドラマシリーズの展開もそれに左右されることになりました。そして、最後のスペシャル回（一九八二）は、長谷正人が「「敗戦」国日本が得た最良の思想」を見出し、大澤真幸が「原点にある敗北をしかと認める本当の強さ」と評価したように、「吉岡の自己否定」によって、鶴田の「戦中世代の情念」をねじ伏せるシナリオのもとに制作されます。

5節　「我々の死者」になれなかった「同期の桜」

†再論・《男たちの旅路》は戦後日本の理想か？

ところで「別離」の回において、脚本家の目論見にもかかわらず、ドラマの吉岡司令補は決して「解体」してはいません。この困惑に満ちた状況で鶴田浩二が演じた吉岡の身の処し方は決して「溺れ」ではない、と私は考えます。

鶴田浩二が、昭和四〇年代にブームとなった任侠映画において、辛抱立役《しんぼうたちやく》（難儀を引き受けて耐え忍ぶ役柄）の第一人者でもあったことを忘れてはなりません。ここで鶴田がみせた「万感こもごも」至る表情と、そこから閃く「男の我慢の美しさ」は、三島由紀夫が絶賛した任侠映画《博奕打ち　総長賭博》（一九六八）を彷彿させます。三島評からの次の引用はそのまこのときの鶴田＝吉岡に当てはまります。[*65]

スクリーン上の鶴田の行動は、すべて幾重にも相矛盾してのしかかる「しがらみ」の快刀乱麻の解決としてではなく、つねに、各種のしがらみの中に彼が発見した「純粋しがらみ」、各種のしがらみから彼が抽出した共通の基本原理たる「しがらみ」に則って起されるのである。

《男たちの旅路》の「別離」回における「しらがみ」とは、何だったたか。悦子からの愛の告白に対する、自身の独身主義（死んだ仲間への義理立て）だけではありません。

山下耕作監督《博奕打ち 総長賭博》DVD（東映、2014年）

＊65　三島由紀夫「「総長賭博」と「飛車角と吉良常」のなかの鶴田浩二」『三島由紀夫全集』三四巻、一九七六年、四四～四八頁。初出は『映画芸術』一九六九年三月号。

それは病人の涙（弱った相手が救いを求めている）であり、親身に相談に乗り世話もしてきた部下（上司として保護する責任がある）である。吉岡はこれら相矛盾した「しがらみ」をどれも切り捨てずに引き受けるのです。三島にならっていえば、この「不決断の英雄性」の一方で、悦子の病が進行して、いよいよ残された時間がなくなったギリギリの局面で吉岡が起こす行動には、まさに「純粋しがらみ」に則った必然性が宿っていたといってよい。穿《うが》った見方と思われるかもしれません。

けれども、この「困惑の男性美」を読み取る三島的なリテラシーをもって観れば、「別離」の回だけでなく、失踪した吉岡を陽平が探し出す第四部第一部「流氷」や、非暴力を主題に「吉岡の自己否定」で幕引きを図ったスペシャル回「戦場は遙かになりて」でも、鶴田の辛抱立役ぶりは雄弁に発揮されていることに気づくはずです。

この脚本のメッセージと俳優の演技の緊張関係をふまえて、ふたたび長谷正人と大澤真幸が《男たちの旅路》に見出した「戦後日本の理想」論に戻ります。

現代の若者に「敗北を認める」「無力を直視する」ことの大切さを伝えることは、戦中世代の責任である。けれども敗北と無力を知りつつも大事なものを守るために特攻隊として出撃した仲間たちを否定することはできない。どちらも譲れない「しがらみ」です。矛盾ですが、吉岡は「しがらみ」を簡単に切り捨てたりはしません。

第三部第一話「シルバーシート」で吉岡はいいます。

「いや、忘れるならまだいい。誤解をし、たかをくっている。それがやりきれなくて、戦争からぬけ出せずにいるのです。（略）せめて俺一人は、死んだ友人たちの本当の姿を忘れずにいようと思うのです。しかし、それを世に訴えようとは思わない。言葉で伝えられるようなことはたかがしれています。つまりは、一緒に生きた人間が忘れずにいてやるしかないと思うのです」

戦死者を社会的に意味づけることなく忘れ去ろうとしている——あるいはしょせん犬死にだったと「たかをくる」——戦後社会にあって、「せめて俺一人は」死んだ仲間とともに生きるという信念が、吉岡にはあります。

それは「記憶し、忘れない」と宣言するだけでなく、死んだ仲間の視線を積極的に内面化して、彼らに恥じない生き方を実践するということです。独身でいるのもその一環です。「自分の弱さに向き合え」とは誰でも・誰にでも言えますが、「死んだ仲間とともに生きる」ことは自分にしかできない。そして鶴田浩二ほど、死んだ仲間とともに生きることを自らに課してきた役者はいません。

《男たちの旅路》に「戦後日本の理想」を見出すのは、脚本家の描いた筋書きを追認しているにすぎません。脚本と演技の緊迫したせめぎあいは、実際の映像とそれを解読するための知識とリテラシーがあってはじめて読み取ることができるのです。

†「我々の死者」を取り戻すために、「我々の生き残り」を取り戻す

本章2節で、昭和五〇年代には戦死者の霊が「私多き個身を棄て去って、先祖という一つの力強い霊体に融け込」む民俗的な節目が到来していたと述べました。

それは「同期の桜」共同体の思い出のなかの死んだ仲間が、社会的に意味づけられて包摂されるチャンスでもありました。戦死者の社会的な包摂とは、靖国神社のあり方など慰霊施設の論点を含みますが、ここではそこには触れずに「社会的な意味づけ」の観点から考えてみます。このとき大澤真幸の「我々の死者」論が参考になります[*66]。

大澤によれば、「我々の死者」は次のように「我々＝国民」共同体の歴史的な連続性のなかに位置づけられることで、未来の世代に力を与える存在になりえます。

ひとつの国民が、「その人たちのおかげで現在の自分はあるのだ」と思えるような死者、自分たちは「その人たちの願望を引き継いで実現しようとしているのだ」と思える死者、

そして自分たちが「その人たちから委託を受けて今、国の繁栄のために努力しているのだ」と思えるような死者。

ところが、日本人は敗戦により「我々の死者」を失った。戦後社会の再建は、自国の戦死者たちが目指した価値を否定することで進められたからです。

けれども、「我々の死者」をもたない社会は未来の他者と連帯することはできません。「我々の死者」を取り戻すためには、戦死者たちが目指した価値を肯定できない以上、「ねじれ」を媒介させた「独特の仕方」によるほかない。

それは戦死者たちに対する裏切りを自覚し、それに痛みを感じること、すなわち「「裏切りと謝罪」を同時におこなうこと」だといいます。

この「我々の死者」論を、本章の文脈で敷衍してみます。

昭和五〇年代は、自国の戦死者を「我々の死者」として取り戻す可能性が残されていました。

けれども、この「弔い上げ」の節目の振り返りは、遺族および戦友会など「同期の桜」共同

＊66 大澤真幸「アンダーソン『想像の共同体』ナショナリズムの成り立ちと構造」大澤真幸・島田雅彦・中島岳志・ヤマザキマリ『別冊NHK100分de名著 ナショナリズム』NHK出版、二〇二〇年、四八頁以下。大澤真幸「「我々の死者」を取り戻す物語」『kotoba』四二号、二〇二〇年。

体の内部でおこなわれ、社会全体としては共有されなかった。靖国神社国家護持や首相の公式参拝に向けた政治運動も、社会全体としては共有されなかった。すなわち、戦死者は「同期の桜」共同体の「死んだ仲間」であり続け、「我々の死者」とはならなかったのです。その理由については、今後さまざまな角度から丁寧に検討される必要がありますが、本章の議論をふまえて、そこにひとつの論点を提起してみます。

それは、死んだ仲間とともに生きる戦中世代を、社会的に包摂することにも失敗したということです。《男たちの旅路》と《夫婦》は、特攻隊の生き残りの「死んだ仲間とともに生きる」生き方が周囲にどう受け入れられるか可能性を模索する物語でした。吉岡も高村も「死んだ仲間」への負い目を抱えながら生きてきました。それぞれの生き方は不器用ながら周囲に受け入れられていきますが、彼らの心の痛みは、周囲にとっては家族や友人を亡くしたのと同じく個人的な悲しみとして扱われ、「死んだ仲間」を「我々の死者」のような普遍的な観念に接続するような想像力は働きようがなかった。

死んだ仲間とともに生きた戦中世代の存在と、それを疎外してきた戦後社会の問題は、大澤の議論から捨象されています。

けれども、私たちが「我々の死者」を取り戻すためには、まずは、戦中世代を――裏切りと謝罪を同時に行いながら――「我々の生き残り」として取り戻す必要があるのではないでしょうか。戦中世代を捨象して、現代の私たちが過去の戦死者に直接向き合おうとする「我々の死者」論は、二〇〇〇年代以降に台頭してきた特攻の自己啓発的受容のような、命のタスキリレーの想像力にもたやすく接続してしまうように思われます。

「我々の生き残り」を取り戻すためには、《男たちの旅路》は格好のテキストとなります。山田太一の脚本を「戦後日本の理想」として評価するのはよい。しかしそれと同時に、鶴田浩二の演技に「戦中世代の情念」を読み取るリテラシーを社会が失ってきた歴史にも想いを馳せること。

それは「死んだ仲間とともに生きた鶴田浩二」とともに生きてみることです。

鶴田浩二の三三回忌は二〇一九年でした。戦中世代がほとんど鬼籍に入った今だからこそ、「我々の生き残り」として社会的に包摂するあり方が検討されてよい時期です。

補章　否定と両立する包摂へ
――『未来の戦死に向き合うためのノート』をめぐる対話

1節　研究を導く問い

†「特攻の事例だけ」で戦死に向き合えるか？

前著『未来の戦死に向き合うためのノート』（以下『未来の戦死』）に対して複数の研究者から書評していただきました。この補章では、そこで提示された疑問や指摘に対して応答しながら、前著では書ききれなかった論点についても補足します。括弧内の頁数は『未来の戦死』の該当頁を指示しています。

宗教学者の中山郁氏（一九六七年生）から、特攻の自己啓発的な受容の事例だけをもとに、（過去と）未来の戦死に向き合うことは、はたして可能なのか、という疑問が提示されました。[*1]

その問題意識の背景には、戦死の格差問題があります。特攻戦死者と、中国大陸や南洋諸島や東南アジアの密林で果てていった無数の将兵とでは、同じ戦没者にもかかわらず現代社会における受容のされ方が大きく異なる。中山氏はその事実をふまえて、前者のみに依拠した議論の妥当性を問うているのです。

もし本書が知覧の事例を基に、未来の戦死者と向き合う方途を考えようとするならば、それは、過去の戦争における〔多様な〕死者ではなく、その中の、特攻隊の、さらにはとりわけ知覧にかかわる事例のみからその作業を行おうとしていると言えないであろうか。（略）そうした〔特攻のような〕エリート性をおびた戦死の事例とそれをめぐる人々の事象のみに目を向けるだけで過去と未来の戦死についての議論を尽くすことが、果たしてできるものなのだろうか？

これは『未来の戦死』全体の構成にかかわる重要な問いです。

戦死者はその属性（所属や階級）や局面（地域や作戦）だけをみてもじつに多様です。特定の属性や局面の戦死者に対象を絞れば、当然、他の多様で膨大な戦死者が捨象されます。また戦死者も、戦没者全体からすれば部分集合にすぎません。したがって問題は、対象の偏りよりも、対象を選択する理由（その対象を通して何を明らかにしたいか）だと考えます。

そこで、この「特攻の事例だけで戦死に向き合えるか？」という問いに答える前に、次のように反問してみたいと思います。これまで沖縄地上戦や広島長崎の原爆を含む悲惨な戦争経験について膨大な研究が蓄積されてきたけれども、そこから「未来の戦死に向き合う」構想が出てきただろうか、出てこなかったとすればそれはなぜか――と。

これまでの研究が「戦争は悪い」「戦争は嫌だ」という否定のラベルを貼るだけの非論理的なメッセージばかりを強調してきた、といいたいのではありません。「過去の戦死」に関する研究は、軍事や戦争が私たちの社会と地続きであることを教えてくれ、「二度と戦争を起こさないため」の教訓を引き出してくれました。にもかかわらず、いや、だからこそ、でしょうか。「未来の戦死に向き合う」構想は出てこなかった。どういうことか。

戦争や戦死の「否定」を超えられなかったからではないか。もちろん戦争や戦死を「肯定」することはできません。しかし戦後ずっと、自衛隊の命がけの任務が宙吊りのままだったのは、「否定」を超え出る思考を育ててこなかったからではないか。

＊1　中山郁「「未来の戦死」と「過去の戦死」―井上義和『未来の戦死に向き合うためのノート』を読んで」『戦争社会学研究』四巻、二〇二〇年、八一～九〇頁。

私が本書で提起したかったのは、肯定／否定とは別の軸を立てること、戦死を否定しつつ戦死者を包摂すること――特攻作戦を否定しつつ特攻隊員をその尊厳とともに包摂すること――すなわち「**否定と両立する包摂**」です（二三二、二六四頁）。それを「未来の戦死に向き合う」文脈に置き直すと、「私たちが同胞の戦死を受け入れられるのは、どのような条件のときか」という条件思考になります（六二頁以下）。

「同胞の戦死を受け入れるための条件」をめぐる問いがなければ、どれほど研究が進展しても「未来の戦死に向き合う」構想は出てこないのではないか、と思うのです。逆にいえば、特攻戦死者にかぎらず、中国大陸や南洋諸島や東南アジアの密林で果てていった無数の将兵を対象にしても、そうした問いは十分可能だと考えます。

†「ちょうどいい、節度ある、穏健な」戦死観とは？

戦争の作戦指導も、本来は、戦局や戦力等の所与の制約条件のなかで「同胞の戦死を受け入れるための条件」を見極めながらギリギリの判断を下していくものでしょう。

太平洋戦争終盤、戦況が不利になってくると、その条件思考が次第に麻痺してきて、自己陶酔的な大言壮語でごまかしながら命の軽視に拍車がかかり、戦争から道義が失われました。特攻作戦はその最たるものです。「祖国のために命を捧げる」思想が純化されて、「悠久の大義に生きる」「死んで護国の鬼となる」など戦局から離れて死が目的化するアクロバティックな論理が発明されました。

敗戦後はそれが反対方向に振り切れて、戦死そのものを「あってはならないもの」として想像することも禁止してきました。その結果、自衛隊に命がけの任務を託しておきながら戦死のリスクに備えない。国内では「これは軍隊ではない」「これは戦闘ではない」「これは戦死ではない」……とすべてが定義の問題にスリ替えられて、政治的に正しく言い換えられていく一方で、リスクを負って任務に就く者は、梯子《はしご》を外されて宙吊りにされてきました。

吉田茂が防衛大学校の一期生（一九五七年卒）に贈ったという次の言葉はご存じの方も多いでしょう。[*2]

自衛隊が国民から歓迎されチヤホヤされる事態とは、外国から攻撃されて国家存亡のときとか、災害派遣のときとか、国民が困窮し国家が混乱に直面しているときだけなのだ。言葉を換えれば、君たちが日陰者であるときのほうが、国民や日本は幸せなのだ。どうか、耐えてもらいたい。

＊2　吉田茂『回想十年〔新版〕』毎日ワンズ、二〇一二年、二五八頁。

国民の幸福のために冷遇に耐えよとは「悠久の大義」に匹敵するアクロバティックな論理ですが、これは自衛隊の最高指揮官でもある内閣総理大臣と、将来の幹部自衛官の間柄で辛うじて通じる言葉なのです。言外に込められた万感の思いを汲み取るべきところ、「名言」「美談」と持て囃したり、これに便乗して「自衛隊＝日陰者」を正当化したりするのは問題です。

戦中も戦後も両極端ですが、言葉でごまかして命に向き合わないという意味では同じだと思います。『未来の戦死』「はじめに」で述べた「ちょうどいい、節度ある、穏健な」戦死観というのは、これらの両極端を排して、きちんと命に向き合うこと、すなわち「同胞の戦死を受け入れるための条件」を社会で考え共有するということを意味します。

この命に向き合う戦死観に対して、中山氏は次のような疑問を提示しています。

実際に未来の戦死とは、特に近代戦以降は時代ごとの「ちょうどいい、節度ある、穏健な」戦死観を裏切るものであったのではなかろうか。（略）つまり、「戦死」とは、戦死観が定まっていれば向かい合えるようなものではなく、むしろ、その死の在り様こそが人の心にインパクトを与え、戦死者自身はもとより、生還者や遺族に耐え難い傷を残すのではないだろうか。

「ちょうどいい、節度ある、穏健な」という形容詞が誤解を招いたかもしれません。たとえ「同胞の戦死を受け入れるための条件」を満たしていたとしても、同胞の戦死が社会に与えるショックや遺族の悲しみが緩和されるわけではありません。中山氏が指摘するように、戦死は想像を絶するインパクトを社会にもたらし生還者や遺族には耐え難い傷を残します。当然です。どんな社会でも同胞の戦死を肯定できるわけがない。

けれども、命に向き合う社会では戦死者は包摂されます。少なくとも、戦死は自分事として社会全体で受け止められ、戦死者が宙吊りにされることはない。それに対して、命に向き合わない社会では、戦死は他人事にされて、政府からは別の言葉（殉職や公務死など）で言い換えられ、ショックを和らげるための誤魔化しや責任のなすり合いが行われ、いつの間にか忘れ去られ、結果として、戦死者は宙吊りにされるでしょう。

私は、戦死が社会にショックを与えることよりも、社会が戦死に向き合わないことのほうをおそれます。

†「自国の戦死者だけ」で戦死に向き合えるか？

『未来の戦死』では「戦死にどう向き合うか」の問いがもっぱら戦後日本社会を対象に論じ

図表７　戦争犠牲者の分類

	軍人（戦闘員）		民間人（文民）
自国	戦死	戦死以外の死	犠牲
相手国	戦死	戦死以外の死	犠牲
第三国	犠牲		

られています。それに対して「国民国家の物語に閉じているのではないか」というコメントもいただきました。

　これは、日本軍が広範囲に展開したことで戦争の被害を被ったアジア太平洋地域の人びとのことを無視してよいのか、という疑問も含むものと思われます。最近は、自国の軍人でも病死や餓死などの「戦死以外の死」に注目したり、民間人の——とくにアジア太平洋地域に広がる——犠牲に注目したり、あるいは国籍や兵籍を区別せずに戦没者全体を扱おうとしたりする研究のほうが一般的でしょう。

　これも『未来の戦死』全体の構成にかかわる重要な問いです。

　この問いを考える際にも、先ほどと同じように、まずは反問してみたいと思います。これまで他の国や地域の人びとの被った犠牲について膨大な研究が蓄積されてきたけれども、そこから「未来の戦死に向き合う」構想が出てきただろうか、出てこなかったとすればそれはなぜか——と。

　『未来の戦死』は「戦死にどう向き合うか」を考えるにあたって、向き合う対象を、あえて自国の戦死者に限定しました（三五頁）。自国の戦死者は、戦争犠牲者全体の一部分を構成します（**図表7**）。

誤解されやすいところですが、これは他の地域の人びとの犠牲よりも自国の戦死者を重んじる、という意味ではありません。区別して論じたうえで、両者をともに扱える枠組みを考える、ということです。区別をなくして対象を広げると論点が曖昧になってしまう。つまり、アジア太平洋地域の犠牲者のことを無差別に対象に繰り込むことで、見えなくなる問題があるのではないかと考えます。

対象をどこに設定しても、ある問題がよく見えるようになる代わりに、別の問題は見えにくくなります。すべての問題を等しく扱うことはできません。しかし、自らの死角に自覚的であることと、多様な研究によって、お互いの死角を補い合うことはできます。

他の地域の人びとの被った膨大な犠牲の研究――自国の戦死者も等しく犠牲に含めてしまう研究――は、戦争のある側面（暴力・悲惨・愚かさ…）を詳細に明らかにするけれども、それだけでは戦争や戦死の「否定」を超えられず、「否定と両立する包摂」の構想は出てきにくいのではないか、と思うのです。

私の問題意識は、過去と未来の戦死者を宙吊りにしてきた点にあります。これは、きわめて戦後日本的な文脈に依存した問題であり、それゆえ国民国家を前提にした議論に見えてしまうことも承知しています。

しかしながら、近代の国家間の戦争が国家の意思によって戦われる以上は、戦死も国家を離れては存在しません。

戦争は肯定できませんが、戦争のあり方を無差別に否定するのも間違っています。これはたとえば「侵略されても戦うべきでない」という絶対平和主義の主張があります。これはかつての日本の「侵略」に対して武力で抵抗した中国側の抗日戦争の意義も否定し、むしろ中国が抵抗しなければあのような惨事は起こらなかったのだ、という結論が導かれます。非暴力抵抗も、個人としてはともかく、国としてそれを選択した場合は——しばしば特定の地域の住民の生命と財産を盾に——多大な自己犠牲を国民に払わせることになります。

肯定と区別される包摂とは、戦争を無批判に受け入れることではなく、厳しく条件を吟味する責任を引き受けるということでもあります。

『未来の戦死』では、「同胞の戦死を受け入れるための条件」として祖国防衛のためなら…という殉国規準を提案しました（七七頁）。これは正当な戦争原因を侵略に対する自衛に限定する「消極的正戦論」に対応します（八二頁）。法哲学者の井上達夫《いのうえたつお》（一九五四年生）によれば、消極的正戦論は、目的の謙抑性ゆえに、戦争の手段を限定するユス・イン・ベロ（jus in bello）の制約を受け入れます。*3

「同胞の戦死を受け入れるための条件」を、自国の軍人に限定せずに、相手国や第三国を含む戦争犠牲者全体に拡張すると、「私たちが戦争の犠牲を受け入れられるのは、どのような条件のときか」という条件思考の応用問題になります。

もちろん民間人の犠牲は、他国であっても自国の戦死以上に肯定できませんから、受け入れられる犠牲の範囲は、当事国の軍人に厳しく限定されるべきです。当事国の軍人でも、敵に捕らわれたときは犯罪人ではなく捕虜としての処遇を保障されます。戦争犠牲者を無差別に扱うことは、条件思考で交戦ルールを構築してきた戦時国際法（国際人道法）の努力の歴史を無意味にしてしまいます。すべてを「戦争の悲劇」として一括りにすることは、軍隊同士の戦闘と、軍事施設以外を狙った無差別殺戮を区別できなくなり、大変危険です。

＊3　井上達夫『世界正義論』筑摩書房、二〇一二年、二八六〜二八七頁。第二回ハーグ平和会議（一九〇七年）により、「一九世紀までに形成されていた不必要な破壊や略奪・暴行を禁じ、捕虜には人道的処遇を求めるなど、個人の保護を直接の目的とした戦争の慣行はほとんどが成文化された。すなわち、古典的に、学者を中心に論じられ、それを踏まえて発展してきたユス・イン・ベロの実定化である」（筒井若水『違法の戦争、合法の戦争』朝日新聞社、二〇〇五年、一二三頁）。

2節　民俗と儀礼——二つの水準による包摂

†民俗の水準——物理的な統合から実践的な包摂へ

さて、そのうえで「特攻の自己啓発的な受容」問題を考えることが、どうして「未来の戦死に向き合う」構想につながるのでしょうか。たしかに両者の論理的な関係は本書ではじゅうぶんに明らかにはなっていません。

そのためか、たとえば歴史学者の成田《なりた》龍一《りゅういち》氏（一九五一年生）が「『戦後』後」の状況のなか、「活入れ」現象に着目した著者は「殉国規準」の提唱へとネジを逆にまわし、「文脈」と「感情」が持ちだされ、議論は振り出しに戻されてしまったのではなかろうか[*4]」と疑問を呈したように、ある種の反動的な議論としても読まれました。私にとっては、そうした読み方こそが「ネジを逆にまわし」「振り出しに戻す」ものに見えてしまいますが、建設的な議論のために、その先の具体的な方法論へと論点を移してみたいと思います。

『未来の戦死』の最後は次のように締めくくりました（二六五頁）。

ここから先の方法論は、教育や制度の具体的なあり方を問う応用編になります。「戦死にどう向き合うか」を考える順序として、本書ではあえて触れずにきましたが、読者のみなさんにも考えてみてほしいと思います。

「祖国のために命を捧げた存在」を私たちの社会はどのように包摂できるのか――。そのための具体的な方法論を、現代社会の状況をふまえて考えてみましょう。

この問題は、これまで靖国神社の問題（「慰霊追悼する施設をどうするか」）として、または愛国心の問題（「国のために戦えるか」）として、考えられてきました。周知のように、施設の問題は「戦死者祭祀に国家や宗教がどのように関与すべきか」というかたちで定式化した途端に、解けない難問になります。他方、個人の感情や思想の問題として捉えると、リベラル（多様性に寛容）な民主主義社会では、戦死への向き合い方も個人の自由に委ねられ、公共的な議論の俎上《そじょう》に乗せることは至難の業となります。

この難問を考えるうえで、「特攻の自己啓発的な受容」は示唆《しさ》に富んでいます。ポイントは、否定と両立する包摂にあります。

「特攻の自己啓発的な受容」は、公式の制度と民俗の水準を区別したうえで両者の関係を捉

＊4　成田龍一「何のために命を賭けるのか」『日本経済新聞』二〇一九年四月六日。

え直すためのヒントを与えてくれます。中山氏が指摘するように、靖国神社はもともと人の霊を神として祀る「民俗宗教的な信仰にも根差して」おり、また戦時下においても戦死者祭祀は靖国神社が独占していたわけではなく「公私の死者儀礼を併用」するかたちでおこなわれていました。[*5] すなわち、靖国神社という公式な制度は、民俗的な文脈のうえに成り立ち、民俗的な文脈のなかで受容されていた、ということです。

私が着目する民俗の水準というのは、制度的な施設や教義が、人びとの生活のなかで実践的に受容されるあり方を指します。戦死者でいえば、知覧巡礼やインターネット上で拡散・再生される遺書動画にみられるような「特攻の自己啓発的な受容」は、知覧特攻平和会館や特攻隊員の遺書の「そもそもの成立事情」を括弧に入れた実践的な受容のあり方です。これは彼らが靖国史観や平和教育の教えの影響をまったく受けていない、という意味ではありません。現代の日本人は多かれ少なかれ、どちらかの影響を受けているでしょうが、それとは切り離して、自己啓発的に受容することができます（歴史認識の脱文脈化＝知識と感情の乖離、一八五頁）。その象徴が百田尚樹『永遠の0』のベストセラー化です。

この民俗の水準に着目すれば、無理に、慰霊追悼施設を統合する必要はなくなる、と私は考えています。その代わりに提案したいのが、**市ヶ谷の防衛省敷地内メモリアルゾーンの「限定開放」と市ヶ谷・九段・千鳥ヶ淵を一体と捉えた「三社参り」**です。

防衛省のメモリアルゾーンにある殉職自衛官慰霊碑から靖国神社まで約一・五キロ、さらに靖国から千鳥ケ淵戦没者墓苑までは約〇・五キロ。歩いてまわれるほどの近距離ですから、「三社参り」（はしご参り）が可能になります。成立事情もその後の歴史的経緯も互いに異なる三つの施設を、制度の水準で物理的に統合するのではなく、民俗の水準で実践的に包摂してはどうか、という提案です。そのために必要な措置は、殉職自衛官慰霊碑に誰でもお参りできるよう、期間限定でよいので防衛省のメモリアルゾーンを開放することだけです。

重要なのは、この直径二キロのエリア全体で、戦後社会の屈折した歩みに想いを馳せながら、「過去の戦死」と「未来の戦死」の両方に向き合うことではないでしょうか。

外来の仏教が日本社会で土着化する過程で、いわゆる神仏習合が起こりました。現代でも神道（初詣）・仏教（葬式）・キリスト教（クリスマス）・祖霊信仰（お盆）が生活のなかで矛盾なく同居しています。バレンタインデーやハロウィンは比較的新しく入ってきた宗教行事ですが、日本社会に土着化する過程で完全に換骨奪胎されています。こうした歴史的な実績をふまえると、追悼施設をめぐる「神々の争い」を実践的にゆるやかに包摂するというのはかなり現実的な解ではないかと思うのです。

＊5　中山前掲、八七頁。

†儀礼の水準──多様な愛国心から持続的な物語へ

ただし、急いで付け加えますが、「だから公式の制度はなくてよい」とはなりません。仮に三社参りを一部の人が始めたとしても、大多数の人は無関心のままでしょう。「祖国のために命を捧げた存在」を包摂するためには、社会全体として何らかのかたちでの積極的な教育が必要です。そこで民俗とセットで儀礼を提案したい。

先回りしていえば、公式の制度をめぐる対立は民俗の水準で包摂し、個人の感情や思想をめぐる対立は儀礼の水準で包摂する、ということです。

「特攻の自己啓発的な受容」は、個人の感情と公共的な儀礼を区別したうえで両者の関係を捉え直すヒントを与えてくれます。「特攻の自己啓発的な受容」は戦後の平和教育や国家意識の希薄さと両立するという観察から、知識と感情の乖離ということを考えました。すなわち、正しい知識が適切な感情を保証しなくなっている。これは従来の平和教育的な立場からすればピンチかもしれないけれど、好悪の感情や価値規範と切り離して知識を扱えるようになるチャンスです。そして、感情と切り離して儀礼を捉え直すチャンスでもある。

リベラルな民主主義社会では、公教育によって愛国心を高めることには限界があります。

そこで私が提案したいのは、**愛国心の持ち方は多様であってよいけれど、祖国のために命を**

捧げた存在に対しては一致して敬意を払う、というものです。むしろ愛国心の多様なあり方を保証するためにこそ、一致して敬意を払う儀礼を大事にしたい。

この愛国心と儀礼の論理的な関係については、次節で詳しく述べますが、儀礼というと「中身のない形式」「意味のない慣習」「権威への服従」などを連想するかもしれないので、ここではそれらとは別次元の、儀礼の「機能」について注意を促すにとどめます。

かつてどの家にも仏壇があった頃は、他家を訪問したらまっさきに仏壇に向かい、その家の祖霊に手を合わせるという習慣がありました。相手との関係を重んずる表現としては、相手に直接贈り物を送ったり褒《ほ》め称《たた》えたりすることよりも、祖霊への敬意を払う儀礼が先に立っていたのです。

国同士の関係にも当てはまります。過去の不幸な歴史を痛惜《つうせき》し、謝罪することも大事ですが、矜持や尊厳を回復するためには、相手国の「祖国のために命を捧げた存在」に対してお互いに敬意を払い合うという関係がとくに重要ではないかと思うのです。後者の関係が構築できていればこそ、政治的な課題に関しても対等に議論を戦わせることができるはずです。

国内でも、「祖国のために命を捧げた存在」が民俗的もしくは儀礼的な水準で包摂されていればこそ、戦争や戦死をめぐる評価や政治責任をめぐって堂々と議論を戦わせることが可能になるのではないでしょうか。これらも「否定と両立する包摂」の応用編です。

3節　愛国論と戦死論――二つの水準の区別

†なぜナショナリズムに言及しないのか？

社会学者の河野《かわの》仁《ひとし》氏（一九六一年生）は、『未来の戦死』が「戦死にどう向き合うか」をテーマに掲げながら「「ナショナリズム」に関する議論が全くない」ことを「最も奇異に感じた」と疑問を提示してくれました。[*6] むしろ「巧妙に「ナショナリズム」に言及するのを避けているよう」でさえある。それはなぜなのか。そして「「愛国心」あるいは「ナショナリズム」の問題について、著者はどのように考えているのだろうか」と。

河野氏の問いは、たんに理由を確認するにとどまらず、著者（井上）の立場から導かれる論理的な帰結から逆算するようにして、背後仮説を浮かび上がらせようとします。すなわち、戦死者を宙吊りにしないというならば、著者はナショナリズム（愛国心）を肯定してみせるべきではないか。にもかかわらずナショナリズム論を回避するのは、著者が「ナショナリズム＝悪」（要警戒）という価値判断にとらわれているためではないか……とも。

ナショナリズムが『未来の戦死』のなかで意識的に言及を避けてきた論点であることは確かです。ただ、なぜ避けたのかを執筆時点ではうまく言語化できていませんでした。河野氏の指摘を奇貨として、以下で自分の立場をより分析的に捉え直してみたいと思います。

†「統合と動員」から「分断と対立」へ

ここではナショナリズム論について、ある事象の原因や結果を、国家による国民の統合と動員に結び付けて説明する枠組みとしておきます。戦死者への感謝は、国家が麗々《れいれい》しく顕彰することで喚起される側面と、戦死者を悼む素朴な感情を国家が利用する側面があり、どちらも「統合と動員」に結び付けて説明されます。河野氏も代表的な論者を参照されていますが、戦争の集合的記憶を扱う歴史社会学では、こうしたナショナリズム論に依拠するのが常道になっています。

『未来の戦死』では、この意味でのナショナリズム論の枠組みを、たしかに避けています。それは、戦死者の宙吊りを取り上げた根本的な問題意識が、「統合と動員」よりも、「分断と対立」のほうに向いているからです。

「統合と動員」に対する危機感には、一九九〇年代まではまだリアリティがありました。戦

＊6　河野仁「書評　井上義和著『未来の戦死に向き合うためのノート』」『ソシオロジ』一九八号、二〇二〇年、六一～六七頁。

中世代が健在で、国家対国民という構図のもと、新聞やテレビなどの報道が国民の側から国家を牽制するべく世論形成できたからです。ただし自衛隊に関しては、「抑圧と疎外」というべき状況が報道と教育によってつくられ、未来の戦死への想像力は奪われてきました。

二〇〇〇年代以降は、インターネットの普及と戦中世代の退場が重なることで、この構図は大きく変わってきます。「統合と動員」の範囲は限定され――同時に「抑圧と疎外」状況は緩和され――「分断と対立」が可視化・増幅される。抑圧から解放されたナショナルな言説と、それを諫める対抗言説が同じ画面上を交互に流れていく光景が日常化しました。「戦死にどう向き合うか」をめぐる対立軸も、国家対国民ではなく、国民同士が罵倒しあう敵対的なコミュニケーションというかたちをとります（二二六頁）。

「統合と動員」への警戒を呼び掛けるナショナリズム論では、こうした「分断と対立」の状況をうまく捉えられないのではないか。未来の戦死に関しては、「戦闘」や「戦死」の言葉を避けながら自衛隊の活動範囲を拡大する政府と、それに対して違憲やリスクを問題にするだけの国会と報道。過去の戦死に関しては、特攻の自己啓発的受容という現代的な事象に対して「美化批判」を繰り返すだけの知識人たち。私たちの社会の公的な言論空間のなかには、あいかわらず戦死者の行き場はありません。これは「統合と動員」の枠組みの限界を露呈しているように見えてしまうのです。ではどうすれば？

†愛国論から戦死論へ

リベラル（多様性に寛容）な民主主義社会におけるナショナリズムの形については、**愛国論と戦死論という二つの水準を方法的に区別してはどうか**、というのが『未来の戦死』から導かれる提案です。愛国論とは愛国心のあり様について、戦死論とは祖国のために命を捧げた存在への向き合い方についての考え方です。そのうえで、私の立場は、①愛国心の持ち方は多様であってよいけれど、②祖国のために命を捧げた存在に対しては一致して敬意を払う、というものです。

愛国心と一口にいっても「自分の国が好き」から「国のために戦う（死ねる）」まで意味も強度も多様です。その「国」の捉え方も民族や国民や国家や郷土まで多様です。ナショナリズムやパトリオティズムに関する膨大な議論を整理するだけでも一冊の本になるほどです。しかしいずれも「国」とそれに向かう「心」に照準する点は同じで、愛国論として括《くく》ることができます。概念が多義的であることに加えて、自国の歴史や現状に対して多少とも批判意識を持っていれば無条件には「国」を肯定するわけにいかない。「心」を内面的な感情と捉えるかぎり、誰にでも要求しうる「べき論」の俎上には乗りにくい。

防衛大学校教官の河野氏には切歯《せっし》扼腕《やくわん》する状況でしょうが、リベラルな社会ではこの多様性は許容するしかないのです。民族や国家の存亡を意識することなく平穏無事に生活できているのならなおさらです。ではどうすれば？

そこで戦死論の出番です。これは社会として死守すべき最終防衛線にして、右から左まで幅広い立場の人たちが合意可能な落とし所になるはずだ、と私は考えています。

愛国論の対象が「国」とそれに向かう「心」であるのに対して、戦死論の対象は「祖国のために命を捧げた存在」とそれを遇する「儀礼」です。「一致して敬意を払う」というのは個々人が抱く感情とは切り離された儀礼的な行為です。冠婚葬祭はわかりやすい儀礼です。内心はさまざまでも、一致して祝福（追悼）の意を表します。また、国同士の外交関係は、互いの国内感情とは切り離された、厳格な国際儀礼《プロトコール》の積み重ねで維持されています。

この切り分けは、『未来の戦死』の第1章冒頭でランチの選択と宴会の乾杯を区別したのと同じ考え方に基づいています。ランチでは各自が好きなものを選びますが（市民社会の内部の論理）、宴会の乾杯では参加者全員が同じ行動をとります（市民社会を外部から支える儀礼）。メンバー全員が同じ意見とか仲良しである必要はなく、気に食わない相手も、ともに共同体を構成するメンバーとして認める、という意味です。友人や同僚と日常的に取り交わしている挨拶も、乾杯と同じく儀礼です。本書のなかでは、これと同じ趣旨を、肯定と包摂の区別（否定と包摂の両立）としても説明しています（二三二頁）。

†刹那的な感情から持続的な物語へ

こうした考え方に対しては次のような反論が予想されます。「儀礼は感情と別次元」というが、儀礼によってつくられる感情もある。だからこそ儀礼は「統合と動員」の道具に使われてきた。儀礼への警戒を怠《おこた》ってはならない、と。さらに儀礼を強制することは内心の自由に対する侵害である、と。学校での国旗掲揚・国歌斉唱が問題視されてきた所以です。

歴史的にはその通りなのですが、それも「統合と動員」の時代まで。「分断と対立」の現代において、儀礼の感情創出効果は限定的です。二〇一九年から二一年にかけて天皇の代替わりとコロナ禍と東京五輪という国家的イベントと災禍が連続しているにもかかわらず、「熱狂」を演出しているのはテレビと新聞だけではないですか。それもイベントまでです。「祖国のために命を捧げた存在」をこんな刹那的な感情に委ねていいわけがない。

戦死論が想定する儀礼では、刹那的な愛国感情ではなく、共同体の起源をめぐる持続的な物語をこそつくりたい。厳粛な儀礼を通じて、私たちの生活が「祖国のために命を捧げた存在」によって支えられてきたことを一致して確認するのです。

ここまでの文章で、「祖国のために命を捧げた存在」においてだけ「祖国」と表記していたことに気づかれたと思います。祖国とはこうした命のタスキリレーによって想像的に成り立つものなのでしょう。『未来の戦死』では命のタスキを託される感覚を祖国の想像力と呼び、支配―被支配を軸とする非対称な権力関係としての「国家」と区別しました（一七一頁）。祖国の想像力は、国家に一方的に利用されるだけでなく、逆に国家に対する批判原理にもなる。両者の緊張関係を保つことは、「統合と動員」の抑制にもつながると考えます。

そのうえで、戦死者に対して抱かれる原始的な感情（「下からの感謝」）の本来の受け皿は、この共同体の起源をめぐる持続的な物語を措いて他にありません。ところが、この本来の受け皿を用意できなかったのが戦後の日本社会です。これによって（過去と未来の）戦死者が宙吊りになるだけでなく、じつは戦死者への原始的な感情のほうも、行き場を失って宙吊りになっているのです。

『未来の戦死』では現代における特攻の自己啓発的受容についても検討していますが、結局、本来の受け皿の「穴」を最もよく埋め合わせているのが自己啓発言説なのだと考えられます。だとすれば、特攻×自己啓発の「不気味な現実」をまえにやるべきは、「特攻の美化」と脊髄反射的に否定することではなく、戦死者への原始的な感情の本来の受け皿である、共同体の起源をめぐる持続的な物語に包摂していくような言葉を鍛えることではないでしょうか。

†「国のために戦う」から「戦う人に敬意を払う」へ

以上に述べてきた戦死論の立場からは、河野氏が紹介しているギャラップの国際世論調査（二〇一四）は次のように捉え直されます。

「もし自国を巻き込んだ戦争が生じたら、あなたは国のために戦いますか」という質問に「わからない」と回答してしまうというのは、日米安保と自衛隊のおかげで国防を「他人事」「人任せ」にできた歴史を正確に反映しています。「戦わない」と回答した四三％の人も敵の侵略を受け入れることまでは考えていないのでしょう。「戦わない」ことの結果を引き受ける覚悟もなく、「他の誰かが（私たちのために）戦ってくれる」ことを当然視するのであれば、「わからない」と回答した四七％の人が正解です。

もしも日本で調査するなら、「戦わない」と「わからない」と回答した人に次の質問も追加してみてはどうでしょうか。多数派の予想回答（Yes/No）も付けました。

Q１「自分は戦わずに敵の侵略を受け入れるか」No
Q２「自分は戦わずに他の誰かに助けてほしいか」Yes
Q３「国のために戦う人は必要だと思うか」Yes
Q４「国のために戦う人に敬意を払うか」…？

このうちQ１からQ３までは予想がつきますが、Q４はどうか。「敬意を払う」という言葉の意味が理解できなければ、またしても「わからない」と回答する人が多くなるのではないでしょうか。これは言葉の辞書的な意味を教えてもだめです。敬意を表す儀礼的な行為の経験を積み重ねることによってしか体得されません。ここで教育が果たす役割は大きいと考えます。国旗国歌のときの混乱を思うと道のりは容易ではないでしょうが、言葉を鍛えておくことはできるはずです。

†「自国への誇り」から「身代わりへの負い目」へ

河野氏は、自国に対する誇りがあれば自衛官への「リスペクト」の気持ちも強くなるはずだという言葉を紹介しています。

これについて戦死論の立場から、次のように捉え直してみます。「自国への誇り」や「リスペクトの気持ち」といった心の持ち方は多様であらざるをえない以上、自衛官への敬意は、「祖国のために命を捧げる存在を遇する儀礼」として表されるべきです。この儀礼の根拠は、誇りやリスペクトといった個人的もしくは集団的な愛国感情ではなく、共同体の起源をめぐる持続的な物語を確認するためです。それは変身ヒーローを応援するような無責任な高揚感ではなく、本来、心の痛みや負い目感情をともなうものです。なぜなら彼らは、私たちの大切な人（父親や兄弟や恋人や夫や息子）の身代りとして——私たちの無事と引き換えに——祖国のために命を捧げるのだから（二六二頁）。

同胞に危険な任務を託さざるをえない。政府の常套句のように「危険はないから託す」などと誤魔化すのではなく、「危険だけれど託す」責任の重さに向き合えばこそ心が痛む。

戦死論は、自衛官の「命の使い方」に正面から向き合うからこそ、防衛政策に対して内在的な批判ができると思うのです。愛国論の枠組みでは無批判な追随か全否定かの二項対立からなかなか抜け出せません。

戦死論にとって、誇りやリスペクトといった愛国感情は、もちろんあったほうがいいけれど、そこにはこだわらない。厳密にいえば、誇りやリスペクトは、個々人の刹那的な感情に委ねるのではなくて、集合的な儀礼の積み重ねとして表現されるものだと考えます。

おわりに──「同期の桜」と「春よ、来い」を聴きながら

本書は次の六つの論稿をベースに、大幅に加筆、再構成したものです。

①「フィクションの特攻文学」『文學界』二〇一九年七月号 →第1章
②「否定と両立する包摂へ──知覧から市ヶ谷と九段に臨む」『戦争社会学研究』四巻、二〇二〇年 →第1章、補章
③「創作特攻文学の想像力──特攻体験者はどう描かれてきたか」蘭信三・小倉康嗣・今野日出晴編『なぜ戦争体験を継承するのか──ポスト体験時代の歴史実践』みずき書林、二〇二一年 →第2章
④「特攻文学に学ぶ感動の方法論」『教育学年報一二』世織書房、二〇二一年刊行予定 →第3章
⑤「五〇代になった特攻の生き残り──鶴田浩二と『男たちの旅路』」福間良明編『昭和五〇年代論（仮）』みずき書林、二〇二二年刊行予定 →第4章

⑥「書評に応えて」『ソシオロジ』一九八号、二〇二〇年　↓補章

二〇一九年二月に前著『未来の戦死に向き合うためのノート』を上梓した時点では、まだ次著を構想する余裕はありませんでした。手つかずの原野を開墾し、区画整理をして、その一部分を耕して種を蒔くのが精一杯だったのです。

さて、いったいどの種から芽が出るか……。

振り返ってみると、四月に『文學界』編集部の桒名《くわな》ひとみさんからエセーの寄稿依頼をいただいたことがすべての始まりでした。これまで文芸雑誌とは無縁な人生を過ごしてきたので、「いま考えていること、思い出すこと、興味のあることなど、お好きなように」との依頼に舞い上がり、あやうく神戸のバーのことなどを書きかけましたが、思い直して「特攻の自己啓発的な受容」問題を文学方面で応用する話に落ち着きました［論稿①］。本書ではカットした部分を以下に引用します。

最近では百田尚樹『永遠の0』（二〇〇六）や鴻上尚史『青空に飛ぶ』（二〇一七）が話題になった。先行き不透明な司法試験浪人生やいじめに苦しむ中学二年生が、個人的なきっかけから「ある特攻隊員が何を思い、どう生きたか」を調べていく物語である。文学

的な評価はともかく、どちらも現代の悩める若者が特攻隊員の人生に触れることで、気づき、考え、そして変わっていく。その自己変容の過程に強制的に巻き込むのが、現代の若者が特攻隊員になったり、特攻隊員が現代にあらわれたりといった、時間移動や入れ替わりの設定を軸にした作品群である。例えば今井雅之『ウィンズ・オブ・ゴッド―零のかなたへ』（一九九五）、荻原浩『僕たちの戦争』（二〇〇四）、内田康夫『靖国への帰還』（二〇〇七）、管野ユウキ『昨日の蒼空、明日の銀翼』（二〇一二）、荒川祐二『神風ニート特攻隊』（二〇一五）などが思いつく。

これらの嚆矢ともいえる今井雅之の小説がもとは演劇作品（一九八八年初演）だったように、こうした時間移動を用いたドラマツルギーは舞台向きともいえる。草部文子戯曲集『流れる雲よ』（二〇〇六）や望月龍平脚本演出『風になったボク～二人のシンノスケ～』（吹田夢☆志団二〇一五年度公演DVD）なども系譜を同じくする。もっと遡れば、二・二六事件の青年将校と特攻隊員の霊を現代に呼び出す三島由紀夫『英霊の聲』（一九六六）も能楽の様式で書かれているものの、今井以後の作品群とは断絶があるようにみえるが、どうか。文芸作品に造詣の深い読者諸氏に教えを請う次第である。

あらためて読み返してみると、特攻の歴史に触れた若い主人公が変容するという自己啓発寄りの興味と、時間ＳＦのような条件設定への興味、舞台表現との親和性への興味などが混在していたことがわかります。このうち舞台表現論は今回発芽に至りませんでしたが、今後、創作特攻文学を神話文学――「我々の死者」を祭る共同体の起源の物語――という枠組みで論ずるときには避けて通れないと考えます。

その後、ありがたいことに、三つの共著本企画にお声がけをいただきました。

蘭《あららぎ》信三さん（大和大学／上智大学）からは、戦争体験者がいなくなる「ポスト体験時代」において、戦争体験の継承はどうなるのかというお題をいただき、『文學界』エセーで書いた構想を初めて論文にしてみました［論稿③］。蘭さんとはシンポジウムで「怒り」を買って以来、建設的な批判をやり合える関係が続いています（前著「おわりに」参照）。本稿でも彼を仮想読者に、異なる立場の人も共有できる書き方を意識しました。つまり「同じ対象、同じ方法・手続きなら、だれでも同じ結論に辿り着ける」ということです。

『教育学年報』編集委員をされていた下司《げし》晶《あきら》さん（中央大学）からは、特集テーマ「国家」に絡めて何か書かないかとお誘いがありました。前著では国家と祖国を区別して、命のタスキを託される感覚を祖国の想像力と呼んで論じていたので、この機会に創作特攻文学の本丸である「感動」の問題に挑戦することにしました［論稿④］。これは同時に、感動という主観的な感情に客観性を担保しながらいかにアプローチできるか、という方法論上の挑戦でもあり、正直なところ、大変苦しみました。けれども、論稿③と④の二本が書けたことで、ようやく特攻文学論を一冊にまとめる自信が湧いてきました。

福間良明さん（立命館大学）からは、二〇一九年度から共同研究「転換期としての「昭和五〇年代」と大衆メディア文化の変容」（科研費基盤研究（B））に参加させていただきました。戦争映画から漫画アニメまで何でも遠慮なく話せる研究会のおかげで、山田太一脚本のテレビドラマ《男たちの旅路》とそこで特攻隊の生き残りを演じた鶴田浩二という映画俳優に出会うことができました［論稿⑤］。創作特攻文学の「前夜」ですが、その後に何が失われ、何が新しく生まれたのかを浮かび上がらせる、格好の比較対象になりました。

また、前著に対しては、戦争社会学研究会例会（二〇一九年一〇月）において那波《なば》泰輔さん（一橋大学大学院）、中山郁さん（皇學館大学）、蘭信三さん（前出）という世代の異なる三人の評者に批評していただきました。社会学の学術雑誌『ソシオロジ』では河野仁さん（防衛大学校）に書評していただきました。それらに対する応答が論稿②と⑥です。どちらも執筆中は意識していなかった論点（無意識に蒔かれた種）を鋭く指摘するもので、特攻文学からは離れますが、今後大事に育てていきたい芽として「補章」にまとめました。

本書を読まれた後の応用問題として考えてみてほしいのは、特攻文学の世界観にあう音楽は何かです。私からは、さしあたり鶴田浩二「同期の桜（台詞のみ）」（一九七〇）とともに、松任谷由実「春よ、来い」（一九九四）を挙げておきます。鶴田浩二の情感を込めた朗読は一九七〇年代の「同期の桜」共同体の空気感を理解する助けになりますが、一九九〇年代以降の創作特攻文学には断然「春よ、来い」です。

「春よ、来い」は老若男女を問わずに愛され、四半世紀が過ぎても歌い継がれている名曲ですが、もとは同名のNHK連続テレビ小説の主題歌として制作されたものです。第4章で取り上げた《夫婦》と同じ橋田壽賀子が脚本を担当した自伝的作品で、主人公・春希の初恋の相手が、海軍の甲種予科練に志願して特攻隊で戦死します（橋田壽賀子『春よ、来い』一巻・戦中篇、日本放送出版協会、一九九四年）。恋人の戦死時期は一九四五年夏頃なので季節が違いますが、歌詞の「君」に、特攻隊で死んだ恋人を重ねるとドンピシャだと思いませんか。歌い出しの「いとし面影の」沈丁花《じんちょうげ》の花言葉は、永遠・不滅・栄光、です。

特攻文学の感動は私たちが大切にしている価値観と「地続き」である、という本書の命題の傍証として記しておきます。と同時に「同期の桜」と「春よ、来い」の差異を意味づけ両者を包摂する言葉が必要であると痛感していますが、これは宿題とさせてください。

前著に引き続き、創元社の山口泰生さんにお世話になりました。「はじめに」で触れたパルマコンは、じつは山口さんの編集者人生をかけたテーマでもあります。私の初めての単著『日本主義と東京大学』(二〇〇八)は彼が柏書房にいたときのパルマケイア叢書の二三冊目(最終巻)として刊行していただいたのでした。思えば、日本主義といい戦死といい特攻といい、キワどい対象に心置きなく取り組めるのは、山口さんというパルマコンが伴走してくださったおかげです。まさに「その泉の水は大変おいしいので」……。

井上義和

二〇二一年四月二日　春雨の煙る日に

著者略歴

井上義和（いのうえ・よしかず）

1973年長野県松本市生まれ。京都大学大学院教育学研究科博士後期課程退学。京都大学助手、関西国際大学を経て、現在、帝京大学共通教育センター教授。専門は教育社会学、歴史社会学。本書は『日本主義と東京大学』（柏書房、2008）、『未来の戦死に向き合うためのノート』（創元社、2019）に続く3冊目の単著であるが、研究関心は右翼・戦死・特攻……ばかりではない。最近では「教育とテクノロジー：日本型 EdTech の展開をどう捉えるか？」（共著、『教育社会学研究』107集、2020）、『ファシリテーションの時代？：コミュニケーション幻想を超えて』（共編著、ナカニシヤ出版、2021）など本来の専門である教育社会学分野の開拓にも精力的に取り組む。

装丁　森裕昌

組版　寺村隆史

特攻文学論《とっこうぶんがくろん》

2021年8月10日　第1版第1刷　発行

著　者……井上義和

発行者……矢部敬一

発行所……株式会社 創元社

https://www.sogensha.co.jp/

本社　〒541-0047 大阪市中央区淡路町4-3-6

Tel.06-6231-9010　Fax.06-6233-3111

東京支店　〒101-0051 東京都千代田区神田神保町1-2 田辺ビル

Tel.03-6811-0662

印刷所……株式会社 太洋社

ISBN978-4-422-30081-8 C0095